有好多话，藏在心底，专等一个人。等她一世都没有踪迹，你可不作声……

我如今凭了最深的良心告诉你，你有爱情，你对我有最深最厚的爱情，这爱情就是无价之宝。

我又想到你的温柔，你对我的千情万意，分开了，不能见面，不能立刻见面，说一句知心话，彼此温存一下。

你看，天上的参星同辰星都不见了，走了，我要同你分别了。

那些舍不得的爱与孤独

朱湘◎著
管苇◎编

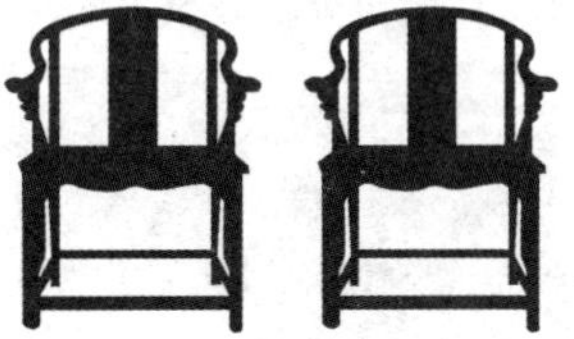

北京理工大学出版社
BEIJING INSTITUTE OF TECHNOLOGY PRESS

图书在版编目（CIP）数据

那些舍不得的爱与孤独 / 朱湘著；管苇编. —北京：北京理工大学出版社, 2018.10

ISBN 978-7-5682-6010-7

Ⅰ. ①那… Ⅱ. ①朱… ②管… Ⅲ. ①朱湘（1904–1933）—书信集 Ⅳ. ①K825.6

中国版本图书馆CIP数据核字（2018）第175112号

出版发行 / 北京理工大学出版社有限责任公司
社　　址 / 北京市海淀区中关村南大街 5 号
邮　　编 / 100081
电　　话 / （010）68914775（总编室）
（010）82562903（教材售后服务热线）
（010）68948351（其他图书服务热线）
网　　址 / http: //www.bitpress.com.cn
经　　销 / 全国各地新华书店
印　　刷 / 三河市金元印装有限公司
开　　本 / 889 毫米 × 1194 毫米　1/32
印　　张 / 8.25
字　　数 / 150千字
版　　次 / 2018 年 10 月第 1 版　2018 年 10 月第 1 次印刷
定　　价 / 39.00元

责任编辑 / 申玉琴
文案编辑 / 申玉琴
责任校对 / 周瑞红
责任印制 / 边心超

代序 那些不舍得的爱与孤独

新月派是现代新诗史上一个重要的诗歌流派，提到新月派诗人，我们无法回避一个闪光的名字——朱湘。他在短暂的生命里给后人留下《采莲曲》《有忆》等大量诗歌，而其中有一首却仿佛是为自己量身定做的，预示着他命运的走向。这首诗的名字叫《葬我》。

葬我在马缨花下，
永做着芬芳的梦。
葬我在泰山之巅，
风声呜咽过孤松。
不然，就烧我成灰，
投入泛滥的春江，
与落花一同漂去
无人知道的地方。

1933年12月5日，正值一年当中最寒冷阴湿的季节，开往南京的“吉和号”轮船从上海吴淞港码头缓缓驶出。船尾处站着一个身穿旧西服、戴着圆边眼镜的男子，一直往岸边送行的人群中望去。他在搜寻一个熟悉的女子的身影，他希望她能来送行，或者更希望她能留下他，叫他不要走。然而，船离岸越来越远，他终究还是失望了。

这个男子就是朱湘，此去便不再回来，正如诗中所写的那样，他将身投入滚滚江水，漂去了无人知道的地方……

朱湘，新月派代表人物之一，一个极富性格的诗人。

他出身名门，1904年出生在一个官宦之家。父亲朱延熹是清末翰林，后连任江西学台和湖南道台等官职，官至二品，为政时两袖清风，政绩卓著。同治皇帝钦赐金匾一块：“功高九万里，道台十三春”。母亲张氏是晚清名臣、洋务派首领张之洞的侄女。

遗憾的是朱湘自幼失怙，三岁丧母，十一岁丧父，没能得到多少来自父母的爱护教养，却得到了父亲为他定的一门老式婚姻。朱湘的父亲在湖南任道台时，与一位姓刘的盐运使感情甚笃，交往频繁。刚好两人的妻子同时有孕，他们便指腹为婚，如果生的是一男一女，就结为夫妻。

朱湘与哥哥姐姐年龄相差甚大，没有玩伴的他只能自己一个人玩耍，看书、画画，他特别爱看武侠小说和童话，剑客的傲骨和童话的单纯塑造了他的个性。在别人看来，他是不合群的，甚至有些呆傻的。一次家中宴客，他找不到马褂，便穿了一件棉马褂，而此时正值春末夏初五月天，兄弟讥他为“五傻子”。

父母亡故后，朱湘由在南京做官的大哥抚养照顾，大哥思想传统，身上带着浓重的封建大家长的做派。在这样的环境中，朱湘的性格越来越孤傲，他更多地沉浸在书的世界里。书读得越多，受到新思潮的影响就越大。朱湘对父亲留给他的那桩旧式婚姻十分抗拒，他认为这是封建思想，剥夺了他的自由，他极力想摆脱掉。

1919年，朱湘入南京工业学校预科学习，翌年，16岁的朱湘在二嫂的帮助下，考入清华学堂留美预科，开始了在清华园的学习，得以暂时逃避包办婚姻。他单纯地认为，时间久了，对方找不到人，也就放弃了。

在清华的这段时间是他难得的快乐日子，在新文学运动的影响下，朱湘开始创作新诗，并加入了“五四”新文学运动中最早的文学社团“文学研究会”，在文坛上崭露头角，他与饶孟侃、孙大雨和杨世恩四人因在“新文学运动”中脱颖而出，被时人称为“清华四子”。在这里，他还结识了罗念生、闻一多、徐志摩、梁实秋等人。

然而，逃避是没有用的。父亲去世后，大哥成为这桩婚事的执行者，在他的心里，父母定下的婚事，就是铁板钉钉的事，绝无更改。他带着弟弟的订婚对象刘采云来到北京，让朱湘承认这桩婚事并早日完婚。

朱湘万般不愿，不想同大哥见面，无奈，最后带着矛盾的心情在一家旅店里见到了大哥，同时见到了刘采云。刘采云对这件婚事的态度截然相反，既然父母订下了，那我就跟定你了。嫁鸡随鸡，嫁狗随狗，她一心想要同朱湘结婚。而且她读过朱湘的诗，对他很是欣赏、崇拜。除了婚约，她对他是有爱的。

朱湘跟大哥谈崩了，大哥专断地表示，父母之命，断无更改之理。朱湘被激怒了，他孤傲的性格决不接受这样的安排，他拂袖而去。

朱湘回到学校，希望能早点去美国留学，他认为时间长了，刘家便会自行解除婚约。然而，事与愿违，距赴美留学还差半年的时候，清华学堂突然贴出了开除朱湘的公告。

清华对学生的要求非常严格，怕学生们懒惰不起床，规定吃饭前由斋务处统一点名，学生们必须答到。朱湘很不喜欢这个规定，拒绝遵守，他采取了对抗行动，点名就不去！他前后27次点名不到，积累了三次大过，就这样被清华张榜开除。

这样开除学生，是清华破天荒的第一次，朱湘开了先河，在当时引起了轰动。但是朱湘骨子里不受拘束、不肯低头的倔强又犯了，他对此毫不在意，并无悔过之心。好朋友罗念生后来回忆道："只见他在清华园西园孤傲地徘徊，若无其事，我心里暗自称奇。"

因为朱湘平时各科成绩优异，后来在一些同学的努力下，校方决定撤销处分，但遭到了朱湘的拒绝。几年后，他在给罗念生的信里解释了他的这一决定：

> 你问我为何要离开清华，我可以简单回答一句：清华的生活是非人的，人生是奋斗的，而清华只钻分数；人生是变换的，而清华只有单调；人生是热辣辣的，而清华只有隔靴搔痒。至于清华中最高尚的生活，都逃不

脱一个假，矫揉！

朱湘就这样义无反顾地离开了清华，离开了北京，前往上海寻找机会。然而，朱湘很快遭到了生活的捶打，除了写诗卖文，他身无长技。可一篇诗作所得稿酬，只能换来半斤鸡蛋，他性子孤傲，与兄姐感情淡泊，尽管生活困顿，却不乐意接受别人的资助，一个人过着捉襟见肘、食不果腹的日子。

生活境遇的改变，必将改变人的命运，也将改变人对事物的看法。与朱湘订婚的刘采云的生活也遭际了巨变。父亲过世，兄长独占了家财，无依无靠的刘采云只身一人来到上海，在浦东的一家小纱厂里做洗衣工，以求糊口。

朱湘从大哥那里得知刘采云的消息，心里百味杂陈，昔日盐运使家的小姐，今天只能做最低等的工作养活自己，着实可怜，朱湘不免升起几分同情。自己一个大男人，生活尚且如此不易，何况她一个没有一技之长的女子呢。他觉得不管婚事成与否，去看望一下刘采云，都是情理之中的事情。

1923年的一个冬日，朱湘来到刘采云做工的小纱厂。眼前是由几间旧房构成的厂区，不远处有一排工棚区，那里就是纱厂的洗衣房。房屋低矮，气味刺鼻，腾腾地冒着白气，几步开外就看不清人。刘采云就在这样的环境中工作，她袖子挽高，手指红肿，完全看不出曾是个官家小姐。

见面后，两人相对无言，都不说话，都希望对方先开口。最后，还是刘采云先说话了，她不知道朱湘的来意，只好冷淡而不失礼貌地说：“谢谢你来看我。”说完，转身低头疾步走回厂房，消失在洗衣房白腾腾的雾气中。

朱湘的心被什么东西震动了，他有点难过。刚刚消失的这个女人总是跟自己有所关联的，如果不是跟自己订了婚，这个年纪的女子应该是结了婚的，或许已经有了一个或者几个孩子吧，此时正在家里相夫教子，于卧房和厨房间打转。可现在她只能做着粗重的活计，希望能赚一点钱，养活自己。

回去后，朱湘接到商务印书馆的约稿，又开始了写诗作文的生活。这期间他陆续发表了很多文章，迅速引起上海文坛的好评，经济上也有所缓解，初到上海时的窘境有所改善。他给自己买了一件棉袍，得以在上海阴冷的冬日里御寒，他又想到那个终日在洗衣房劳作的女子，她有棉衣穿吗？还是那么辛苦吗？他决定去看看她，看看她现在怎么样了。

如果刘采云好好的，或者跟上次没什么分别，朱湘和刘采云也许就此彻底了断，不会结合。巧的是，刘采云病倒了。朱湘第二次来到刘采云工作的小纱厂，在上次见面的地方却没能找到她，通过旁边女工的指引，朱湘在一个潮湿发霉的破旧小房子里找到了他。只见她躺在床上，发着高烧，病得很严重。

朱湘见此情景，心里非常难过，满是自责。他放下性格里的孤傲，对她说“对不起”，真诚地表达自己的歉意。两个人境遇相仿，同样无依无靠，同样漂泊在异地他乡挣扎求生，有种同是天涯沦落人之感，朱湘对刘采云升起了恻隐之心。

打这之后，一来二去的，两人的交集慢慢多了起来，互相关照体贴，彼此依偎取暖，朱湘对刘采云的感情发生了变化，起初他对她寄予深深的同情，后来便有了几分爱情的意味，他在婚姻这件事上，开始动摇，在经历了诸多艰辛之后，朱湘欣然接受刘采云对于自己的那份爱，并逐渐变得炽烈。对于这份感情，后来朱湘在给妻子的信中这样写道：

> 我如今凭了最深的良心告诉你，你有爱情，你对我有最深最厚的爱情，这爱情就是无价之宝。

父母之命的包办婚姻朱湘是绝不接受的，但爱情打动了他，在人潮如织的繁华上海滩，孤独的朱湘在刘采云那里感受到了温暖，他急急地向这份温暖靠近。他向刘采云表示，愿意接受这份由旧式婚约演变而来的爱情，并决定与她结婚。从最初的厌恶，到同情，再到后来的相爱，朱湘的情感世界发生了彻底的逆转，以至于爱到至深。

1924年，朱湘和刘采云结婚。婚后，朱湘在上海宝山路附近租了一间公寓，夫妻俩住了进去。新婚燕尔，两人如胶似漆，他觉得她原本的名字不够美，给她取了一个充满诗意的新名字——霓君，彩色的霓虹。可惜，霁月难逢，彩云易散，若干年后，由于生活的贫困，他们的感情遭遇了巨大的挫折。

结婚后，朱湘进入了诗歌创作的高峰期。他创作了《答梦》《情感》《雌夜啼》等大量诗歌，不久后又出版诗集《草莽集》；与闻一多、徐志摩等人一起在《晨报副刊》上创作《诗镌》，成为新月派诗歌的代表人物。这一年出版了他的第一本诗集《夏天》，收录了他初期的作品，并有了一个孩子。

婚后第二年，朱湘回到了刚设立大学部的清华学堂。罗念生、孙大雨等朋友力荐让朱湘复学。孙大雨向校长曹云祥求情，曹问：“朱湘果然有才吗？”孙说：“绝顶聪明。”曹便说：“那就让他回来吧。”

朱湘就这样回到了清华。复学第二年，1927年的秋天，他考取了公费赴美留学的资格。从此与刘霓君分隔两地，鸿雁传书。在美国的三年，他给妻子写了一百多封情意绵绵的信。两人的感情没有因天各一方而由浓转淡，反而伉俪情笃，恩爱更甚当初。

朱湘留学的日子甚为艰辛，当时的中国积贫积弱，战争频发，中国人在外常常被瞧不起，朱湘强烈的自尊支持了他崇高的爱国节操，因为无法忍受外国人对自己的歧视，频频转学。

曾因教授读一篇把中国人比作猴子的文章而愤然离开劳伦斯大学，后转入芝加哥大学。又过了不久，1929年春，朱湘又因教授怀疑他借书未还，加之一美女不愿与其同桌而再次愤然离去。他丝毫不能容忍任何人对他的不敬，强烈地维护着个人的尊严和祖国的尊严。先后在威斯康星州劳伦斯大学、芝加哥大学和俄亥俄大学学习英国文学等课程。他在给妻子写信时常常记述其中的种种细节。

1929年9月，留学的第三年，因为经济拮据等原因，朱湘决定提前回国，未能完成学业。回国后，他在安徽大学担任英文文学系主任，月薪300元，但常常被拖欠。不久后，朱湘跟学校大吵一架，因为学校把“英文文学系”改成了“英文学系”，朱湘对此异常恼怒，他愤然辞职，大骂道：“教师出卖智力，小工子出卖力气，妓女出卖肉体，其实都是一回事：出卖自己！”

失去了经济来源，日子却还得过，那段时间朱家的生活非常艰苦，主要靠刘霓君在南京一家缝纫公司做刺绣维持生计，她想帮助朱湘减轻一点生活上的负担。

第三个孩子再沅的出生和死亡，成为压垮这对夫妻感情的最后一根稻草。再沅出生时，家里已经家徒四壁，刘霓君没有奶水，又买不起奶粉，孩子饿得一直哭，哭到生病。那天晚上刮风下雪，夫妻二人抱着孩子深一步、浅一步地去给小孩看病。在一家医院里，因为拿不出钱，医院不肯接诊。刘霓君哭着给对方下跪，求他们救救自己的孩子，然而无济于事。他们只好抱着孩子赶往另一家医院，可惜出生仅7天的再沅在路上就断了气。

这件事对夫妻二人的感情伤害很深，霓君怨恨丈夫无能，不能养家糊口，当初从美国寄来的家书里，朱湘信誓旦旦地承诺要给自己和孩子们好日子过，说是只要他一回国，就不需她再辛苦操持，种种美好生活的描述都是画饼，被现实击得粉碎。从前对丈夫的崇拜、爱慕，变成了怨恨、淡漠，夫妻关系渐趋恶化。

朱湘多次到上海、北平、长沙等地求职，由于性情孤傲、尖锐，得罪了不少人，谋职四处碰壁，只能依靠写诗卖文为生，无奈得罪的人太多，圈里的人不愿或不敢用他，到最后连诗稿的发表都越来越困难。

1933年，朱湘一贫如洗，只剩下一堆书籍和自己的一些诗稿。面对生活的窘况和一双嗷嗷待哺的儿女，作为一个女人，刘霓君心中越发怨怼，不停埋怨丈夫。穷困夫妻百事哀！责怪越来越深，争吵越来越多。她见丈夫整日守着诗稿无所事事，便托朋友帮他找了一份在工厂的临时工作。但只会写诗作文的朱湘不假思索地拒绝了，清高的诗人不肯向生活低头，去为五斗米折腰。在他眼里，诗歌是与生命一样重要的事情。朱湘与曾经患难的妻子之间矛盾越来越深，难以化解，相对而坐，却心隔万里。窘困的生活更令他文路受阻、精神颓伤，看不到一点希望。

这年深冬的一天晚上，朱湘用口袋中仅有的一点点钱买了一张去南京的船票和一瓶酒，剩下的买了一包饴糖——霓君平日里最爱吃的零嘴。回到家后，朱湘剥了一颗饴糖喂到妻子的嘴里，问她："甜不甜？"妻子说："不甜。"以前朱湘给妻子买饴糖，妻子都会开心地说："甜，很甜。"可是这次，当朱湘专门剥开一颗糖送给霓君吃时，她却没有像往日那样说甜，而是说"不甜"。

或许是真的不甜，或许是霓君的无心之语，可朱湘如遭雷击。霓君不会知道几年来生活的重担压垮了丈夫，他的心理压力已经大到再也承受不了一丝重量，一句无心之言，促使丈夫下了决心。

紧接着朱湘像往常一样，絮絮地说："霓君呀，你要帮我抚养大我们的小沅和小东。"这样的话他平日时也常常说，在海外给霓君写信时也是一遍又一遍地说，霓君此时听了，并没有当回事，她不知道，这是丈夫留给她的最后的嘱托。他磕磕绊绊长大，一路走一路摒弃，最终，这个世上再也没有他向往的地方了。

第二天，1933年12月5日，伴着上海阴冷的寒风，朱湘登上了开往汉口的轮船"吉和号"。他站在船尾频频眺望，希望能看到妻子的身影，那个深深崇拜过他、爱过他的女子，曾是他在这个世上最温暖的依靠。可是，他终究还是没有看到她。

朱湘对妻子说，自己要到南京找工作。然而吉和号停靠南京时，他并没有下船，而是继续随船溯江而上。不久，船行至李白曾经捞月的安徽采石矶。此时，江上的雾气已经消散，寒风依旧，朱湘站在甲板上，迎着寒风，一手握着酒瓶，一手拿着一本《海涅诗集》，嘴里吟诵着海涅的诗歌，面对滚滚东逝的长江，纵身跃过船舷，很快被淹没在冰冷刺骨的江水之中。

这一年，朱湘29岁。

朱湘死后，一说刘霓君削发为尼，遁入空门，从此再无音信，一双儿女流落街头，后被安置进贫儿院；一说刘霓君并没有出家，而是带着儿女过着无食无继的日子，一直到1974年去世，丧葬维艰。一代民国诗人的爱情挽歌，悲伤落幕。

目 录

第一章

作一个一百分的好丈夫

第二章
你有爱情，你对我有最深最厚的爱情

第三章

我这世上的亲人除了你同小沅小东还有谁

第四章
我又退出学校了，这一年来忍辱含羞

附录四篇

第一章

作一个一百分的好丈夫

婚后，朱湘与刘霓君感情甚笃，接连生下一儿一女。婚后第三年，诗人远渡重洋，负笈海外，前往美国留学。这是他们第一次分别，一别就是三年。

遥远的距离拉开了两个相爱之人的距离，却把他们的心联系得更加紧密，诗人对家的眷恋和对妻子的思念像太平洋的海水一样绵绵不绝。身在异国他乡，能慰藉他的就是一封封家书，他的信里装满真挚的、沉甸甸的情感，像誓言一样，一遍遍地向妻子诉说着火热的爱情。

他在信里告诉她："我爱你，我永远爱你！"他向她保证："我回国以后，要作一个一百分好的丈夫，要作一个一百分好的父亲。"一次次描绘着梦中的蓝图："我回家后，让你同小沅小东过一辈子好日子。"彼时的朱湘意气风发，雄心满满，未来在他面前充满了希望。

我的霓妹妹，无须省钱

霓妹，我的爱妻：

你从般若庵十二月初五写的“第一封”信我收到了。我后天就要搬家，你的信可以寄到憩轩四兄第一次替你打的信封那里。我在芝加哥城里过得好些，身体也好，望你不要记挂。我到今天总共收到你八封信。你信内并不曾提到岳母大人同憩轩四兄的病，想必是都好了。你的奶水不够，务必要请奶妈子。照我如今这般寄钱，是很够请奶妈子的，千万不要省这几块钱。小东身体已经不好，如若小时不吃够奶，一定要短命，那时我决定不依你，小沅你是不用我说就会当心的，所以我也不多讲。罗先生倒是很帮忙，不过那取衣的钱一定要还他。不知你已还给他了没有。千万记得还他。你还可以多寄些鱼肉给他，不过千万告诉他不要叫厨房作，怕的好鱼好肉给厨房赚下去了。你还告诉他，我从前在清华同他，同彭光钦先生，还同些别的同学，一同吃罗胖子先生从湘潭寄的鱼肉。我当时曾经答应了由家中寄些鱼肉给他们再吃一次，你可以多寄些，由他替我请他们罢。我这里只好等今年冬天再看寄不寄罢。如今已是春天，你寄时路上怕会坏了，不值得。并且东西寄到美国后，要抽我很重的税，那时东西不曾吃到，倒要赔钱，那才不上算呢。不过夏天罗先生来美国的时候，他到上海以后，我可以托他在泰丰买些罐头带给我。如若上海没有菌子罐头，你可以寄三四个罐头菌子到上海交他带给我，不能再多，再多他就带不了，并且太多时怕人查出来。那要罚很多的钱。我新近译好了一本外国诗，寄到上海，可以先拿四五十块现钱，我叫他们直接寄到般若庵八号朱小沅，大概阳历三月底你可以收到。我这几个月因为搬了两次家，省而又省，只省得二十块美金来，阳历三月初寄给你，阳历四月半你可以收到。连着稿费也有九十块中国钱了。以后希望每月能省十五块美金寄给你，我这样省，恐怕书都买不了什么。我来美国许久，电影同戏一次也不曾看过。等一年之后，你进了学堂，我或者可以多买些书，偶尔添点衣裳。像现今这样，是决定不成的。不过这我一点也不埋怨。我书尽有的看，因为芝加哥大学的图书馆极大，要看什么书，就有什么书。我的霓妹妹替我带着一男一女，我每月至少总要有中国钱三十块寄给她，才放心。

大沅　二月六日　第一封

我如今读书很快活，亦爱你

霓君，我的爱妻：

从此以后，我决定自己做饭。每月可以寄二十块美金给你，我自己还可以买点书，我问了他们内行的人，知道腌鱼腊肉这面都可以买得到。不过这人不十分可靠，详细情形我以后告诉你。我想这个消息你听了一定很喜欢。一年半载之后，你进了学堂，很可以在这里面省出一笔钱来。现在已经春天，我的衣服没有，美国人又是富，我们中国人到这面来，至少不要穿得像叫花子。并且我那本书寄去上海，可以拿四五十块中国钱，我叫了他们给你寄去，可以支持些时候，所以我不得已，做了春天两套衣裳。阳历四月初一我准寄美金卅块回家。你阳历五月半可以收到。从阳历五月起，每月决定能余廿块，可以两个月寄一回。在美国照相，听说贵得不得了；照六张六寸的，要廿块美金。所以现在是照不起。无论如何，在美国总要照一次做纪念的。早迟那就不敢讲了。鱼肉你现在不必寄。还有罐头之类东西，美国并不贵，也不必托罗先生带了。绣花抽税太高，并且销得不多，也算了罢。我如今读书很快活，并且除去寄钱给你以外，我自己每月还能买些自己要看想买的书，这也叫我高兴。我如今立了一个志向，要把全世界上许多国家的诗都拿来读。这面芝加哥大学的图书馆很大，我要看的这种书大半都有，你想我是多么快活。大前天本是礼拜，我照例应该写信给你的，因为看书有趣，看忘记掉了。我今天虽然看着一本好书（荷兰国的诗），不过我信没写，实在不放心。所以把书放下，赶快写信，省得你记挂。芝加哥这面常常阴天，不像北京，很像南京。长沙我虽然离了好久，我想也是这样。写完这信，晚上做梦，梦到我凫水，落到水里去了；你跳进水里，把我救了出来；当时我感激你，爱你的意思，真是说也说不出来，我当时哭醒了，醒来以后，我想起你从前到现在一片对我的真情，心里真是一股说不出的味道。

沅达达　二月十六日　第二封

我作鬼也记到你，不会忘记

霓君，我的爱妻：

接罗先生信，知道戒指事，那自然是当铺玩的鬼，我已经告诉他多认几个利钱取出来。你托他买东西，不知要买什么？他并不有钱，何必托他买？如若已经买了，钱务必照数还他。两张当票的钱连利钱也要还他。我又做了一本小书（译的诗），可以先拿二十块钱。阳历五月初头，你可以收到这笔钱。我今天看中国诗，有一首看了很感动，那首诗是苏武作的，说："自从我们二人结发做夫妻以后，恩爱两不相疑。但是我明天早晨就要动身去外国了。只有今天一晚同在一起，那么就让我尽量地欢娱罢。我是要动身的人，心里总记挂着上路，怕误了时辰，所以我起来看看如今是什么时候了。你看，天上的参星同辰星都不见了，走了，我要同你分别了。我这是去匈奴（如今的蒙古），那里的人是性情不好的：我们再见的时候我也不敢讲是哪一天。我握住你的手，长叹一声，想到别离，不觉落下了泪来。你保重身躯，常常记着我们欢乐的时光。我要是活着，一定早归。要是死了，我作鬼也记到你，不会忘记。"后来这作诗的苏武隔十九年回了本国，做了一个大官。我想到四五年后我们再见的时候，那是多么快活的事情啊。

你的苏武，沅　二月廿一日　第三封

我应当怎样的爱你敬你

霓君，我的爱妻：

我好久不曾接到你的信：这我知道，是因为以前我告诉你我要回家，所以你怕我已经动身了，不曾写信给我。我当时告诉你说要回家，是阳历年底的事情。从长沙到美国的信要四十天左右可以到。一个来回是八十天。如今是阳历二月底了。我是阳历正月初到芝加哥的，所以我算算还要等二十天或者半个月才能接到你的信。过了这半个月就好了，以后就能每礼拜有你的信看了。我总共算一算，我寄给你的信总共至少有三十封，你的信我只收到八封。这就外面看来，好像你对我不起，写得太少了；其实不然。第一，你当时不知道我的住址。第二，你当时怀着小东。并且你以后的许多封信都是用的挂号，可见得你是极其小心，怕它们掉了。其实信寄到美国来，是决定掉不了的。不过信虽掉不了，你用挂号寄来，可见得你是极其小心，怕我万一接不到，岂不心里难受？你这样的替我想，我应当怎样的爱你敬你。我写给你的信都没有挂号，因为我知道信是决失落不了的。你以后的信，也不要挂号了罢。以前憩轩四兄替你打的信封千妥万妥，决不会失落的。我再等个半年，等手头松动点，很想买一架打字机，钱可以分一年交完，第一个月交十块，以后每月交五块，总共一年交给他们六十五块。平常一次交钱是六十，那样我是再也买不起的。我再等半个月就搬家，总要搬个长久的地方住，省得以后再麻烦了。这是第四封。

沅　二月廿八日

你对我的千情万意

我爱的霓妹：

昨晚作了一个梦，梦到你，哭醒了。醒过来之后，大哭了一场。不过不能高声痛快地哭一场，只能抽抽噎噎的，让眼泪直流到枕衣上，鼻涕梗在鼻孔里面。今天是礼拜，我看书看得眼睛都痛了，半是因为昨夜哭过的缘故，今天有太阳，这在芝加哥算是好天气了。天上虽然没有云，不过薄薄的好像蒙上了一层灰：看来凄惨得很。正对着我的这间房（在二层楼上）从窗子中间看见一所灰色的房子，这是学校的，一点声音也听不见，好像死人一般。房子前面是一块空地基，上面乱堆着些陈旧的木板。我看着这所房、这片地，心里说不出的恨它们。我如今简直像住在监牢里面，没有一个人说一句知心的话。有时看见一双父母带着子女从窗下路上走过去：这是礼拜日，父亲母亲工厂内都放了工，所以他们带了儿子、女儿出门散散心。我看见他们，真是说不出的羡慕。我如今说起来很好听，是一个留学生，可是想像工人一样享一点家庭的福都不能够，这是多么可怜又多么可恨。我写到这里，就忽的想起你当时又黄又瘦的面貌来，眼眶里又酸了一下。只要在中国活得了命，我又何至于抛了妻子儿女来外国受这种活牢的罪呢。霓君，我的好妹妹，我从前的脾气实在不好，我知道有许多次是我得罪了你，你千忍万忍忍不住了，才同我吵闹的。不过我的情形你应该也明白。我实在是在外面受了许多的气，并且那时一屁股的欠债，又要筹款出洋，我实在是不知怎样办法是好。我想你总可以饶恕我罢？这次回家之后，我想一定可以过的十分美满，比从前更好。写这行的时候，听到一个摇篮里的小孩在门外面哭，这是同居的一家新添的孩子，我不知何故，听到他的哭声，心中恨他，恨他不是小沅小东，让我听了。我又想到你的温柔，你对我的千情万意，分开了，不能见面，不能立刻见面，说一句知心话，彼此温存一下，像从前在京城旅馆内初见面时那样温存一下。你还记得当时你是怎样吗？我靠在你身旁坐下，你身上面上的一股热气直扑到我的脸上（我想我当时的热气也一定扑到了你的脸上）。我当时心里说不出的痒痒。后来我要摸你的手，我偷偷地摸到握住，你羞怯怯地好像新娘子一样，我当时真是说不出的快活。天哪，天哪，但望两三年后，夫妻都好，再能尝尝那种爱情的美味罢。

沅　三月四日　第五封

我们要彼此多相信点才好

霓君，我的爱妻：

昨天刚写“第五封”信给你，是寄到菜根香。今天接到你阴历年底从万府上寄来的信。尼庵内住，本不妥当。我们远离，彼此都十分伤心，你怎能住在尼庵里面？不过住在万府上，也不方便。你想进学校，办法比较好些。我并不要你将来作教员经济独立，不过是，你单人租房子住既不妥当，住在万府上也不方便，不如把学堂当作旅馆样住，并且朋友很多，热闹些，可以把别离的苦处稍为忘记一点。小沅小东我想或者可以寄住在万府上，我们自己用工钱雇一个奶娘，并且每月贴补万府上多少钱，作为小沅的饭钱同奶妈的饭钱。小沅将近三岁，能进幼稚园最好进幼稚园。我们要越少惊动亲戚越好。随便你进什么学堂，不过不要进名气不好的。你在学堂里，高兴就读些书，不高兴少读些。这我并不计较，因为我不是想你将来赚钱作家用，不过因为你无处可住，自己单身租房子住既不妥当，住在亲戚家中又不好意思。你进的学堂总要能让你天天看得见小沅同小东才好。不然，你同我分开了，又要同小沅小东分开，那还不如不进学堂呢。我看在不曾打听进学堂以先，你最好看看，万府上各位是否一齐都欢迎你，你可以向令妹私下商量，说是你同小沅小东可以住在万府上，不过要万府上肯受房饭钱才成，不然你是不能住在万府上的。你可以说万府上人口很多，并且你要住就住得很长久（两三年），你说住十天半个月倒可以承受人情，你要住得很久，并且带了小沅小东，还要雇佣奶妈，一定要他们万府上受房租同饭钱才成，不然你就一定要搬出来，宁可自己租房子住。我每月（从阳历五月起）一定能省美金廿块，除去家用外还很可以省点下来。你为什么要搬去万府上住呢？如是令妹看见你常常独自伤心，不忍得，要你搬去同她一同住，叫你热闹一点，那你就一定要她肯受房钱同饭钱，不然你决对不能住在万府上。你可以向令妹说万府上自然是不计较的；不过，我朱家不出房租饭钱，是决不能在万府上借住的。我很希奇你为什么忽然搬去万府上了。说是我不寄钱给你，我又刚寄给了你一百块中国钱，至少总能用三个月。我又寄了两本书回中国，叫他们把钱直接寄给你，那总有八十块钱，再能用两个多月（这是预支的稿费四分之一，以后还有）。用到阳历六月半，这时我阳历五月初头寄你的钱你刚好收到。这一接上，以后每月四十块中国钱，是决定不会误的。所以我想你搬去万府上一定不会是因为钱的缘故。那么为何呢？

我想一定是令妹一片热心，姊妹情长，看见你常常想起我流泪，又住在尼庵附近，更易伤心，所以劝你搬去一同住，好减去你的伤心。这是令妹同万府上的一片好意，我们十分感激。不过这是两三年的事，并非十天半个月的事。万府上固然不计较，我朱家却承不了这大的人情呀。并且还有两个小孩子，还要雇奶妈同女工。所以，万府上如若不肯受我们的房租饭钱，那你就决定不能住在万府上。你在外边租房子住，如若租得到满意的，常有亲戚朋友来往，你不至于寂寞孤单，那就好。我并不一定要你抛开了小沅小东进学堂，我是怕你太觉孤零了，进学堂热闹些。这是我替你想的，你总该明白。我在美国住不好的房子，自己做饭，省下来钱寄给你（这次做衣，是因为春天没有衣穿，你总该明白）。你对我的一片心总该知道。你为什么要说“将来我们共同生活，金钱独立，人穷志短，可以收回”这种话伤我的心呢？你写这封信时候，刚在过年，你看到别人热闹，自然难免伤怀。这我并不怪你，你不必因此心中不安，不过以后你总要少说些伤我心的话才好（你信内常说你寄人篱下，你怎能这样说呢？我们不是夫妻吗？那么，你怎能说你寄我篱下，你我非外人呀）。你要知道，我在这里举目无亲，又没朋友，就是靠着看看你的信，才减去点寂寞伤感。如若你的信内写些伤我心的话，我就更觉孤单了。二嫂今天也来了一封信，她信内并且附寄来了你给她的一封信，你向她说，叫她问我可收到了你的信没有，这叫我十分难受。她以为我不曾写过几封信给你，叫我同你多多写信，这我不是冤枉吗？我每礼拜都有信给你。有时四天五天，就写一封给你。你的信我一共也收到了九封。你要知道美国的信到中国长沙要四五十天，长沙信来美国又要四五十天，所以一个来回要九十天，也难怪我急着要看你的信。但是你这一问二嫂，好像我不曾写过信给你似的，这我真是冤枉。我虽然难过了半天，不过也不十分怪你，因为夫妻隔得太远，有些时候难免发生误会。以后你要多相信我些才好。我对你就是十分相信。我们夫妻明明感情很好，二嫂却以为我不曾多写信给你，这都是因为你不相信我，常常写信给二嫂说我没有信给你，不然她何至于把你的信寄给我看，叫我多同你通信呢？以后这种地方你应当小心，省得伤我的心。你知道我是好人，我也知道你是好人，我们要彼此多相信点才好。

憩轩四兄第一次替你打的信封是不错的。你的信寄去那里是会十分妥当转来给我的。我在美国一切都很小心，身体很强壮，决不会害病（除了相思病），绣花枕头抽税很大，不必寄了，倒是等罗先生到了上海之时，你可以寄到上海，寄给他，带给我。腊鱼肉等今年冬天再说。

美国画片我等有钱时候买很多很多寄给你，自己留些，再拿些送亲戚朋友。如今先把我来美国坐火车路上买的一些明信片寄给你（有八张是在日本买的。有一些同我以前寄给你的那本书中间的一些画是一样的）。你可以看着拿些送亲戚朋友。

这封信写得太长，让我简单说几句：如今的办法有四条：

（一）你带小沅小东住在万府上，自己雇奶妈女工，付房租饭钱，最好是他们有几间空房租给你，自己的女工做饭。

（二）你进学堂（要每天能看小沅小东），小沅小东寄住在万府上，我们自己雇奶妈，并且每月送万府上多少钱作为奶妈饭钱（小沅能进幼稚园最好，不能进也要算饭钱给万府上）。

（三）在外面找妥当房子，常同亲戚朋友来往，省得孤单。

（四）进学堂，小沅小东寄养在别人家。

这四条办法中，第（三）条最好。第（一）条第二，第（二）条第三，第（四）条第四。望早日定规，告诉我听。还有一件事：小沅名海士，字伯智；小东名雪，字燕支（就是胭脂）。定名如此的原因，下次告诉你。

沅　三月五日　第六封

作一个一百分好的丈夫

霓君，我亲爱的：

这是第七封。挂号寄给你的许多美术明信片想必早已收到。关于小沅小东你自然会带，不用我多说。不过有两件事情怕你大意，要告诉你一句。第一要让他们早睡，睡得太迟是于小孩子有伤的。九点钟以前，小沅就要睡了，不可再迟。小东还可以睡早些。第二他们要吃零嘴，都要大店里买，千万不要买街上的担子挑的。尤其是夏天，更危险的不得了。最好你上街时候顺路买些点心（要大点心店的），回家藏在磁缸子中间，他们要吃时候给些他们。所以小沅小东你得特别小心。

前几天我在夜里梦到同你相会，同在一床，两人在枕边说了许多许多恩爱的话才睡。在外国的这几年我总要好好的混个名声回去，并且把身子保护得一点病没有的回去，省得像某某那样，生出来的孩子有软骨病。（这个我们自己心内知道好了，千万不要向别人说）。如今芝加哥已经暖和起来了，草也绿了。天气一好，精神上舒服得多。如今不是自己作饭，怕的太麻烦，并且一个人做饭也不合算。

不过我说的每个月寄那么多钱给你，那是不会错的。只好在我自己身上想法子来省了。还有常常寄许多画片给你，那也是不会误事的。等下个月我就写信买去。美国零碎东西我有时也要买些留着，回国时带给你。不能就寄，因为太费事。总要回国之时让你看见许多希奇古怪的东西，小沅小东也要有许多玩意儿。那时我的身子送到了你的怀中，并且也有许多有趣的东西送到了你的手中。霓君，霓君，你知道我现在是多么爱你啊！我回国以后，要作一个一百分好的丈夫，要作一个一百分好的父亲。

沅　三月十四日

特别给你寄了信纸信封和发网

霓君亲爱：

今天我上街，特别买了些写信给你用的信纸信封。我还买了发网，是剪了头发的女学生用的，如今附在信内寄给你。这是双线的，是真头发。单线的是丝线。单线的不知是不是剪了头发的女子用的，你总试得出来。我这是外行。不是双线的上面写明了“剪发的女子用”，我还不知道呢。也有留头用的一种，你如若想送人，我以后再买些寄给你。双线的中国钱两角一个，单线的一角一个，在美国总算便宜了。倘如你用很合适，以后我再买给你。双线的是黑色，单线的是棕色。还有一种我看简直是白色，但是伙计说是淡棕。因为外国女人的头发有好多种颜色：黑，赭，黄，淡黄（带白色）。所以发网也做了许多种颜色的。我寄的这一对，单线的上面有松紧带。这一对网子的大小不知你合用不？大概大大小小的样式很多，以后你试用了，可以告诉我这双个合你用不。如不合用，是再要加大多少，或是减小多少。

在芝加哥出门坐汽车太贵，一点钟大概要五块美金，坐不起。他们的汽车论路的远近算钱，车夫身边有一只匣子，是一只计钱表，起码三角五美金，走了一截路，那表一定会答刺一响加一角，就这样加上去。我从前由亚坡屯到芝加哥，下火车后，由车站坐这种做生意的汽车，车子通黄的（遍美国的汽车生意大半都被这种黄汽车包揽去了），坐了半点钟花去三块钱。因为初到，并且有行李，只好坐它。那表自开自关，车夫也做不了鬼。还有电车，很便宜，只要七分，可以换一次车，不加钱。我今天上街坐车，总坐了半点多钟，只花了七分钱，回来也一样七分。电车有好有丑，大半是两人一张藤椅。比上海的头等电车好得多，也便宜得多。

沅　三月十七日　第八封

我们的爱情是天长地久

霓妹亲爱：

接到你正月廿晚的信说，有十天没有接到信，到电影院看电影看得很伤心。那些信纸上面有许多红印子，那自然是你流的眼泪了，我极其难受。亲爱的妹妹，我不曾害病，外面我少出门，汽车等危险也没遇到，你放心罢。那时我刚从亚坡屯到芝加哥来，忙了一阵，所以十天你不曾接到我的信。这封信是第九封。九封以前，我曾经从芝加哥写过阳历一月六日、十五日、廿一日、卅一日，四封信给你。二月六日起，是第一封。所以我到芝加哥以后，总共写过十三封信给你，平均常是六天一封。不知你都收到了没有。你做梦梦见我很瘦，你不忍心，可见你对我的心肠极好，我听到了是多么快活高兴。我们的爱情是天长地久，只要把这三年过了，便是夫妻团圆，儿女齐前，那是多么快活的事情。能够早回，一定早归。外国实在不如我们在一起时那么有味；举目无亲，闷时只有看书。身体还好，倒免得你记挂。我自然要考到了一个名气再回国，不然落人耻笑，也混不了饭吃。外国照相贵的不得了，但是我总要照一次，大概等三个月，阳春六月总可以照好寄给你。

芝加哥大学与别的学堂不同。别的学堂都是一年分两学期，另有暑假，芝加哥大学是一年分作四学季，夏天也算一学季，用功的学生夏天也可以念书，这样多念功课，可以早些毕业。我的身体如若不坏，夏天我是照常上课，那样我在明年阳历八月底便可毕业得学士。得了学士以后，念三季的书，便得硕士，那就是后年阳历六月半。考到硕士以后，考不考博士呢？那就临时再讲罢。考博士要大后年阳历一九三一年（就是辛未年）年底才能回国。这是说加工读书，暑假都不停的话。如若身体受不住这番苦工，或是我们分离过久，彼此想得太厉害；那时候我恐怕考完硕士，由欧洲经过英国、法国、意大利等回中国。从前说的两年得博士，那是笑话，因为初来美国，情形不明白；如今知道，是决办不到的。无论何人来美国，都是四五年才考到博士，有的学医，简直要八年。

如今春天了，常常出太阳，心里觉得爽快许多。从前来芝加哥是冬天，阴沉沉的，实在不舒服。我翻译了两首中国诗，登在芝加哥大学学生出的《凤凰杂志》上，想必你听到了快活，所以我特别告诉你。熟人请我去了博物馆，那房子不用说是很大，里面都是些动物的标本模型，有一架鲸鱼头的骨头总有一丈长，那整个鲸鱼活的时候至少总有四丈长。你还记得我们从天津到上海的船上看见的鲸鱼吗？我这次在太平洋上作了一首诗，里面有几句是这样：

我要乘船舶高航，
在这汪洋：

看浪花丛簇，
似白鸥升没，
看波澜似龙脊低昂，
还有鲸雏
戏洪涛跳掷颠狂。

这里面末了两句你看见了一定还记得当时的情景。博物馆中狮子老虎自然是有的，还有一架骨头，颈子特别长，与身子高一般，总共算起来，从头到脚至少有一丈。这兽在外国叫“吉拉伏”，如今已是绝种了，就是我们中国说的麒麟。吉拉伏性子是很温和的，它那么长的颈子是用来伸到树上吃树叶子的。我们中国说麒麟不吃肉，光吃草叶，正是一样。还有一个怪兽（这是标本，同活的一般，便是活的拿药水做出，再也不会烂）。这兽很像熊，有狗那么大，最奇怪的是它的嘴，有一两尺长，像一柄锥子一样。这东西名叫“食蚁兽”，那细而长的嘴，就是用来伸进蚂蚁洞中去吃蚂蚁的。蚂蚁那么小的东西居然把它养得同狗一样大，你看这奇怪不？还有许多鸟，挂在玻璃窗橱之内，那橱总有一丈宽一丈高，五尺深。有的拿真的树做成树林，背后两边再画一张假树林加了天啰山啰，鸟儿有的歇在枝上，有的飞在空中。水鸟的窗橱是用真水做出一个池塘，有真水草，背后两边也有一张画的风景。鸟儿有的站在水里，有的藏在草中。你看这是多么巧妙。博物馆中也有中国东西，不过不算很多，最有趣的是把中国的宝塔做出些五尺高的模型来，下面注明这是什么城的。这博物馆下次我再去的时候问问他们有照片没有，如有我买了寄给你。

你绣给我的相架我把我们同在北京照的那张相剪下你的相来，用这种信纸剪出一个蛋形的洞，把纸套在相上插进架中，今天早上被管家婆看见了，她稀奇得不得了，说你长得美丽之至，花也绣得美丽之至。我告诉她这是中国绣花的一种，那是你的，那是我的名字。她问是谁绣的，我说是我的太太；她又问那相是谁，我也说是我的太太。

沅　三月廿四日　第九封

我如今对你，真是十分痴心

霓君亲爱：

我总有两个礼拜不曾接到你的信。你在长沙亲戚朋友很多，又有小沅小东。愁闷之时，可以稍为好些。我呢？就是一个人孤住外国，举目无亲，就是靠着看看家里寄来的信解一点闷，你为什么两礼拜没信给我呢？下回再这样，我也要半个月才写信。

前晚不曾睡够，昨夜九点钟就上床了，到半夜时，是一两点钟的光景。楼下一对夫妻带着儿子闹了起来，又笑又唱，再不肯停，把我从梦中吵醒了。后来一想，今天是四月一号，外国的“傻子节”，在今天无论怎样的开玩笑，是不兴生气的。到了五点钟左右。幸亏外头一阵狗叫，他们觉得这好像很不雅，赶紧一声不响了。那匹狗不知是哪家的，我要是知道，真想向它磕两个头。

今天接到你阳历三月二日的信，要我寄相片，我何尝不想寄呢？但是如今哪有钱照相？要是我少寄钱给你去照相，那也不成。我如今实在过得最省俭不过，叫我哪有钱去照相呢？美国照相贵得不得了，我以前信里同你说过。我说阳历七月内一定照相给你，离如今不过三个多月，想必你总可以等等罢。我阳历五月要寄钱给你，六月要寄钱给罗先生。因为他来信说穷得很，我在清华欠了些账，你也知道是由罗先生代为管理的。这钱不能再不寄去了，总要七月才能照相。

霓妹妹我的亲达达，这你总该能原谅我了罢？我又不是不照相，只是不得已，要迟些时候罢了。你说的话实在过重，叫我受不起，我不知道多么难受。但望将来早点回家，把这片心剖给你看罢。我听说你搬来搬去，实在是心中十分难过，我知道你受了很多的苦，很多的气，只好回家之后，一总由我向你赔罪好了。你一切都好，我是很知道的，也很放心，我就是恨自己不能回家，替你分担些忧，要累你带小沅小东。

这一次不是由亚坡屯到芝加哥，自己出了车钱各费；要是出洋以前，衣服做够了，我又何至于好久不能寄钱给你呢？诚然不错，我寄了一本书去上海，叫他们寄钱给你，但是我心内总难受得很。因为我想越寄得多给你，我心中越快活。诚然我下月起就能每月寄中国钱四十块给你（六月要寄罗先生，除外），但是我一天不能寄钱给你，我就一天不快活。在外国我真是省俭的不得了。别人每月用的不够，向家里要的都有，不然就是用得紧够；我每月能寄得这笔钱给你，实在是省之又省。

唉，你哪知道，我多天做梦回家，从梦中哭醒了啊。我如今在美国也不看电影，也不听戏，一天到晚的只是守在房中，你想这是为的谁呢？我真想这几年快点过完了，早些看见你，才快活。我看一看，这几页纸上，字写得东歪西斜，有稀有密，这都是我心中难受，想家太甚，心不在上的道理。你不能每礼拜写信给我，我也很原谅。我是照旧每礼拜有信给你的。信是决不会失落。我写给你的信我都记下来了，是哪天发的，是第几封，我都在书上记得清清楚楚。这是第十封。

没有号码以前，我来芝加哥以后曾经寄过四封给你，所以我自阳历一月到现在一共写过十四封给你，另有挂号寄的风景片一包。所以平均起来，我是六天有一封信寄与你。我这是对你多么痴心，你也总该明白。你的信我都一封封的好好藏起，上面写明是第几封，哪天到的，闷时就拿出来看。还有那张同我在北京照的相我嵌在了你绣给我的相框中，你同小沅照的那张相我记得清清楚楚你是什么样子，小沅是什么样子，我想起你那含愁带苦的相，都是为了我，我心中说不出的难受，说不出的爱你敬你。

我如今很想作点文章拿到外国杂志上去登出来，这是很难的。因为我们不是外国人，要作外国文，这就吃亏一步。不过成功之时，那是很有名气的。我从前在亚坡屯寄过一本书给你，那就是同学出的一本诗，里面有我译的一首诗，我曾经写明中文的名字给你看。我登出那首诗后，亚坡屯的先生同学都对我另眼看待。译的两首诗，以后说不定还要登些。我总要买来寄给你。再等二十天，我一定要买给你一些好的画片。

总之，你就是不能每礼拜写信，我仍然是要每礼拜写信的，我并且要想出许多方法来让你高兴。就像我从前寄那本诗，那本红人的书，那一包画片，那一封有发网的信，都是这个意思。你若是高兴了，我跟着也就快活。你信中说伤心话时，我也就难受好多时候，厉害时我就哭了下来。我如今对你，真是十分痴心，无论何时，或是想事，或是读书，总是记起你来。你的这许多信（十二封），我小心留起，将来带回去等我们并了双肩，从头再看，那时我们好谈现在的情景。霓妹妹，你想那是多么有味啊。你说我的信可爱，这我听到是多么高兴呀；因为你看了快活，我跟着也快活了。你说儿女太多，是我害你的；不错呀，让我向我的亲妹妹赔罪罢。

小东没奶吃，自然是要吵的，我求你雇一个奶妈罢。小孩子没有奶吃，是不成的，说不定很小就死了，要不然就长不大，那不就是我们把她害死了吗？那时候天也不依，说不定用什么方法来治我们的罪过，或是我们夫妻怎样了，或是小沅怎样了，那时悔之晚矣。

霓妹妹，千万千万。

沅　四月二日　第十封

妹妹，我爱你！我永远爱你！

霓妹亲爱：

你的用我写的纸条寄来之信已经收到。我早不住在那里了，以后望不要再用那些纸条。还是你拿些信封托憩轩四兄打头一次他打的那些一样，就是留美学生监督处，不过上面的门牌号数本是二三一二；你这次托他打，可以请他改作二三〇〇（就是二千三百）。上一次他打的信封如若你不曾用完，还照旧可以用得，信不会掉的。你以后写信，千万不要忘记写日子，阳历就一直写阳历。我好知道你的信是哪天写的，多少天到美国。

我在此念书，等两年以后，再看考博士不考。我希望我的身体好，我们彼此相思不要多于过度，那便能在外国多住一年半或两年考博士。我前两天又做了一个梦同你相会，梦中我们同说了一番话缠绵悱恻，后来哭醒了。霓妹，霓妹，我看你信中口气，你大概忙碌得很，这又何苦呢。小沅小东已经很够你忙的了。我从前不是早就写过信叫你不要绣花不要忙别的事，省得太劳碌了，生病，又要我记挂忧愁。你前一封信内说你害了病，幸亏就好了。这都是你太劳碌了，所以害病。我求你千万不要再多劳了罢。

每月我希望你至少有三封信给我，里面你可以说你自己怎样，做些什么事，小沅小东说些什么话做些什么事，你同他们两个的琐琐碎碎事情，我都很喜欢听。你说我的信很可爱，这是因为你是一个可爱的人，所以我写给你的信也跟着可爱了。

霓妹我的爱人，我希望这四年快点过来，我好回家抱你进怀，说一声："妹妹，我爱你！我永远爱你！"如今春天，外国有一种鸟处处看见，有麻雀那么大，嘴尖子漆黑，身子是灰鼠色，惟独胸口通红，这鸟的名字是"抱红鸟"，这名字是我替它起的，它原来的名字叫"红胸"。四年以后，我们夫妻团圆，那时候我抱你进胸怀，又软和，又光滑，又温暖，像鸟儿的毛一样，那时候我便成了抱红鸟了。我买画片给你，这信已经写了，画片大概十天以后可以寄给你。你信中说你没有学问，这算得什么？你对我的心肠这好，你这样会管家，会带孩子，你的相貌又很美丽，我还不满意吗？这层你千万不要多心。

沅　四月七日　第十一封

因为你爱我，所以我的话你都留心在意

我亲爱的霓妹妹：

接三月十二日信，看完之后，说不出的难受。听说你如今很忙，这又何必呢？我不是每月要寄四十块中国钱给你吗？只怪我不该半路来芝加哥，隔了多时不能寄钱给你，出洋时衣服不曾做够，到这里又做了衣服。不妙上加上不妙，赵先生又退出了开明书店，我寄去的两本书又不知稿费拿出来了没有，寄给你了没有。这些至少有一半要怪我自己。

霓妹妹，是我连累得你如此劳苦，请你饶恕了我这一回罢。两礼拜后，我月费就到，这次寄给你卅美金，以后每两个月寄一次，决不管别的事，别的事就是天大我也不管。总要准期寄给你，一个不少，省得你为我这般辛苦。如今忙得你要晚上一点钟不睡觉，匀出睡觉的时候来写信，这封信教我收到看见时哪能不伤心呢？以后我准期寄钱给你，那时你就千万不要劳工了。你如今添了两个孩子，身体已经不如当初，你千万要保重呀。

人生在世，只图够活就好了。何必多操心劳神，自己短寿，挣些无用的钱财呢。小孩子小时奶吃够了，大时饭吃够了，受了好教育，能够自立，那时我们做父母的便可放心了。我这几

个月一心指望两本书的稿费寄给你，又不知情形如何，我实在十分不放心。好在半个月后我就能照常寄钱给你。上面是十七号接到你三月十二号信时候写的。我很高兴，再等十天便能寄钱给你了。总之，你早一天不为家用操心劳力，我便早一天放心，刚才洗脸，忽然想起你写“告诉”两个字，因为我从前向你说过，不是说过，就是你看见我写作“告愬”，所以你也写作“告愬”，这可见得你十分细心。因为你爱我，所以我的话你都留心听下去了。并且可以见得你很聪明，很有悟性。你看，你一到湖南，便把湖南话学会；一进学堂，成绩便好得很。要不是你的悟性大，怎能如此呢。我如今过得越久，便越觉得你好。我前两天想，唉，要是我快点过了这几年，到霓妹妹身边，晚上挨着她睡下，沾她一点热气，低低说些情话，拿一只臂膀围起她那腰身，我就心满意足了。别的我还想起一件事情，就是我近来看书，知道高跟鞋是有伤身体的，年纪轻时还不觉得，年纪一老，背骨便要酸痛的不得了。到那时候，你受苦，我想少年时我不曾劝你不穿，我心里也要难受。要是怕人说你不穿高跟鞋不时髦，那拿自己身体去拼，也犯不着。外国人好处我们尽管采用，他们的毛病我们却不必学。将来你做衣，我是十分赞成。不过穿高跟鞋，我却一定不答应，因为是为了你自己老年时的好处。你信中学我写“告愬”两字（我如今照旧写“告诉”了。因为大家都这样，也不犯着），可见我的话你是很相信了。我如今劝你不穿高跟鞋，你也相信我罢。罗先生很久以前来信说到取戒指，说当票上写作民国十五年，那明是十六年的事情，当铺人作了鬼，只好上两块钱当取回罢。如今想必你早已收到了。七妹的衣想必你也收到。罗先生穷得很，上次来信都向我借钱，我都答应了。不过我为要立刻寄钱给你，又改变了主意。我实在对他不起。他替我在清华还的钱我只好每月在我自己用项内省两块钱，等年底还他（于寄你的钱毫无妨碍，请你放心）。你想托他在北京买东西送万府上令妹，我极赞成，不过钱你可以寄给他。你送了他鱼肉，我听到很高兴；我们结了婚的人对于他们这些单身汉实在应当多怜惜些。将来他回国以后，他的婚事我们要竭力帮忙才对。

沅　四月廿一日　第十三封[1]

---

① 此处署名第十三封为作者自记，与本书排序无关，下同。

我这几天想你真想的厉害

霓妹呀：

我再等五天，到阳历月底，就搬家了。搬了以后，自己做饭，每月能省出中国钱四十块来寄给你。在此做饭，一切都现成，并不费事，你放心好了，只是夏天稍微热一点多钟，倒无十分关系。衣裳上作油气，外国人是不喜欢的，我可多换些次好了。并且那件中国小褂可以罩在身上做饭。你不是很高兴替我作点东西吗？今年夏天出洋的清华学生中间我有熟人，可以托带点东西给我。我想，两件白竹布大褂，预备做饭时罩在身上是最好不过了，另外再带一匣桂圆，一匣莲子，就很够了。鱼肉不必了，因为不方便。东西不能太多，也是因为不方便。并且太多了，就会上美国岸时抽税，上面说的三样就够了。明年罗先生出洋，还可以托带点东西呢。衣裳是最要紧了，其余的莲子桂圆本地有中国店也可以买到。不过你的我吃起来一定更香更甜许多，所以我想要一点——不必多，千万记着。小匣子够了，不必大的。阳历六月中间你可以寄到上海宝山路宝山里开明书店转赵景深先生，我写信给赵先生，会告诉他交与清华同学（清华同学是八月半放洋，你六月寄，七月中间到上海，刚好）。我再等五天是五月一号，钱就到了，那时我寄中国钱六十给你。从此起，我的寄款便能准期了，我自己很快活，我也替你快活。我教培丽画片公司直接由他们寄给你的一百零几张画片你都收到了吗？收到时望即刻告诉我。从此以后，我钱寄得很够，你总可以不自己做事了。那时候一礼拜一封信你总该不少我的罢？我是十七号接到你的信，离今天不过八天，可是我觉得有一二十天不曾接到你的信一般；我是多么想你的信，由此可见。你信可由监督处转，就是憩轩四兄第一次替你打的信封，决不至误。我这几天想你真想得厉害。

沅　四月廿五日　第十四封

我只是说不出的想回家

霓妹我亲爱的：

有半个月没有接到你的信了。但是我一点不生气，一点不怪你，我只是说不出的想回家，想到这暖和的春天，一切都快活，唯有我独居外乡，不能同你见面，抱你亲你，我简直不知怎样才好。要是考博士，还要在外国住三年半，这三年半教我怎样过呢？我有时闷得很，便抓起书来看，看到有趣的地方，高兴起来，可以稍微好些。但是有些时候，就是看书也无用。今天就是这样。快晚时候，天气朦胧不亮，又静得很，我忽然像听到你在摇着摇篮，在小东身边哼着一个歌，你的声音很不快活似的，好像是埋怨我为什么不早回家，让你一人带着两个孩子。那时候我眼睛一阵酸，不是忍着，简直就要哭出来了。我亲滴滴的霓妹妹，我知道过于忧愁是伤身体的，所以伤心之时，我能忍得住，无不忍住，好留一个强壮的身体回家时交给你。我希望你也不要过于伤心了，眼泪忍得住时千万忍住，这样我才放心。这几天忽然暖和起来，像是春夏之交的天气了。如今快到夏天了，你自己身体保重。小沅小东千万不要吃街上零嘴了。这些你自然都知道，不过这些话也不嫌多说，并且说出来了以后，我自己心就放下了。我寄卅块美金给你，合中国钱六十块，收到时望即刻回信，我好放心。下一次是阳历七月一号，寄美金四十。以后每隔两个月便是美金四十。我教培丽公司直接由他们公司寄一百多张画片给你，收到后望立刻告诉我。

你爱的，沅　五月二日　第十五封

小褂裤我想你作，你的灵心明白

我的亲妹妹霓君：

前天寄的钱想必你这两天就要收到，芝加哥的天气真热得快，昨天我这窗前的树还只是树叶含苞未放，今天早晨起来一看，已经一片绿了；前两天穿的衣裳今天穿了已经流汗。刚才忽然下了一阵阵头雨，凉快得很：这才像春天，早晨同昨天下午简直就是夏天了。想起一件事，就是：夏天穿西装实在热得难受，上课时候无法可想，只好穿西装。在家时候又没有人看见，就尽可以穿中国衣服，望你叫裁缝做两件粗夏布大褂，两身小褂裤（也要粗夏布），同上一次说的竹布大褂一齐托清华同学带给我，你看好吗？粗夏布就成，因为粗夏布很凉爽，并且我又不是穿了出去，用不着好材料，你带一对孩子已经够忙了，并且夏天热，我的衣裳你务必叫裁缝做。万一你不肯，小褂裤由你作好了，大褂（竹布，夏布）都务必教裁缝做。小褂裤我想你作，是什么缘故，你那窍多得很的灵心也十分明白，不用我多嘴了。我有十七天不曾接到你的信了，我又不忍心责备你，因为你实在是太忙。但是以后你总用不着忙了：我从此起头，便能准期寄钱给你，你用不着愁了。有闲空时可以教教小沅，带着小东（奶妈千万不要忘记）。从此起头，你应当每一礼拜有封信给我才对。说着说着，又下雨了。在此我倒喜欢它下雨，因为凉爽。我想你在长沙，一定热天时候也是喜欢下雨的。我忽然想起，这十七天你不曾来信，总不至于是害了病罢？你苦到那样，作事作伤了罢？霓妹妹，你对自己为什么那样不看重呢？你要知道你一害病，两个小孩子有谁管呢？虽说有奶妈，也只管得了小东。小沅你还是要操心的呀。并且家中事务也无人指挥呀。你添了两个孩子，身体已经不如从前了，再要多操劳，害了病，这叫我怎么能放心呢？你对自己的口头饭食，也太省俭了，这一层也务必改去。长沙的荤菜很便宜，你应当多吃点好菜才对。鸡蛋同豆子都是补品，应当每天都吃。今天是第十九天了，还不曾接到你的来信，不过今天是礼拜，邮局不送信，也难怪。要是明天我再接不到信，那我就要发急了。停刻急得我早早回家去，那才好呢。我明年阳历八月底得学士，后年六月半得硕士，就想回家。可以请假。将来过得不舒服，找不到事情作，还是可以来美国考博士的。唉！日子怎么过得这样慢。

今天是第二十天。我今天接到赵先生的信，说是我的两本译诗都不曾卖出去，因为书店老板说我的条件太麻烦。这样看来，这其间的三个月，我不曾寄钱给你，书店又不曾寄，我想起来实在心中十分难过。霓妹，请你原谅了我这一次罢。以后不论怎样，就是天塌下来，我也不理，总要先把你的钱寄去。又接到罗先生信说他认识了一位邓小姐，彼此极好。我告诉他，我们两个等着吃他同邓小姐的喜酒呢。前两天因为天气忽热又冷，受了凉，今天已经好了，请你不必记挂。我想你决不会隔二十天不写信给我，一定是害了病。推其原故，自然是我不曾有钱寄回家，你急出病来了。霓妹，请你饶恕了我这一次罢。以后我是决不再让你担忧着急了。我译的两本诗，由赵先生寄给徐先生罗先生看完之后，便会寄给你；你替我好好收存着罢。等两年后我回国时再印。

沅　五月七日　第十六封

我对你只要爱情，不要别的

我最亲爱的霓妹妹：

你四月二号信，我已收到。果然不出我所料，你是害了病，这病看是操劳过度，忧愁过度，我说不出的伤心。我决定把功课快些念完，明年阳历八月底大学毕业，得一学士便回家。因为我不忍心让你一人在家操心劳力；万一因此害了一场大病，我心中怎么过得去！并且大学里得了学士，饭总不愁了。只要我们夫妻爱情浓厚，别的名利一切我们也可以看轻些。博士也未尝不可以考；但是离现在还要三年半多，这三四年让你一人在家操劳，万一有三长两短，那我终身多要恨我自己了。我如今觉得，我们结婚来的几年，我对你不起的地方很不少。我想赶紧回家补救以往的过错，教你知道，许多年来你因为我受苦含辛，我是百分感激，敬爱的。想到你这次害病，我不禁流了很多的眼泪。我想你这次忽然晕倒在地上，万一有个三长两短，你心里不要有点埋怨我吗？那我在这几个年中不是要日日伤心，朝朝流泪吗？就说我要终身不另娶妻，但万里之外我不能飞到你面前去再见一面，这是多么伤心！过得越久，我越多看见你的好处。你对我的浓情蜜爱，你一种只顾夫君只顾子女不顾自己的精神，我如今看来，教我替你作奴隶我多不够资格，何况我居然能得你称呼我作亲哥哥，居然能抱在你怀中，这我是多大福气！我最亲最爱世界上更无第二个的霓妹妹，我最敬重的爱妻，你信里说：“哥哥哪里去了？哥哥哪里去了？我可同去否？我可同行么？又想我是无学问，不能同行，恐终身为此坠落，何等痛苦！”我刚才看到这里，眼泪忍不住淌了下来。由此看，可见你对我之爱情是怎样怎样深，你只记我的好处，你自己的过人之处，别人再也赶不上你的地方，你却一点也不提。最亲的霓妹妹，我如今凭了最深的良心告诉你，你有爱情，你对我有最深最厚的爱情，这爱情就是无价之宝。你居然把它给了我，我便已经十分福气了。我对你只要爱情，不要别的。那斑白胡须的老先生学问最好，我假如要学问，我去找那些老头子好了。我自己也有学问，很够用了，我为什么还要学问呢？我只要爱情！假的我不要，我单要真的爱情。我的亲妹妹，你居然把你千真万真的爱情给我了，这我是多么的福气啊！你如今想必知道了，男子汉实在不如女子。因为男子汉有时心野，我以前之事，就请你当作是我嫖了一次婊子一样，请你大量饶恕了我，你肯不肯呢？我把我这颗心献给你，请你收下，你肯不肯呢？你对我这样，我怎样还忍心疑心你？罗先生处我不过是怕你钱迟一点寄，他是穷的，教他为难不方便。我决无别意，请你放心。我这一片意思你在以前各信之内想必也看得出，不过我再在此处多说一句，省得你记挂。你寄鱼肉给他，是很明理的，他从前帮了我们许多忙，并且我记得我以前曾经写过信给你，教你寄鱼肉给他。你抄了那许多的信给我，真是犯不着。假如你拿那些力量，多写一封信给我那多好呀！哈哈，我又把你那封信看了一遍，（这不是第五遍，就是第六遍），你说到后来，怕我不放心，特意写一句“哈哈一笑”这可见你对我是多么体贴细心。我亲滴滴的爱人呀，让我明年秋天回家时候，着实感谢你一番罢。你懂得我是什么意思吗？哈哈，昨天我想起来，小沅小东叫你妈妈的时候，你心中不知是怎样一个味道。很想早早回家去，看你那时候是个什么模样（如今你病已好了，小东务必要回来雇奶妈带），我这几天又十分想你。……我在外国天天喝牛奶（中国牛奶不干净，外国制过了，卫生），所以身体很好，我很想早日回家。

永久是你的亲爱，沅　五月九日　第十七封

我并不要你进学堂，你带着小沅小东好了。

湘绣千万不要寄，因为到我这里以后，要抽很重的税。

信中间每个字我看了都爱

亲爱的妹妹：

知道你收到了美术明信片。那些红人是美国的老主人，后来欧洲人搬来美国，把红人杀得几乎都完了，如今已差不多只剩几万人，都是住在西方。我坐火车从西边到这里来，路上就买了这些片子。我教培丽公司寄给你一百多张画片，这两天刚好收到，你收到这些，想必总该欢喜了罢？我这封信到你面前，你一定早已收到了我寄的钱（钱阳历六月六号能到）。你以前那封信说的原来不是我，那无什么关系。从今起我按时有钱寄给你，你总该可以再不用作工了罢。如今带小沅小东（奶妈还是要雇）到了三四岁，教他们认认字，这是你最大的责任；其次便是每礼拜写一封信给我。这两件事情以外，要是闲空，可以绣绣花，做些细致女工，自己消遣一下；要是人家想买，也未尝不可以卖。要是你接打衣裳，事情既粗又苦，外面人不明白情形，还要说我不曾寄钱给你。你十分能干，谁不知道。将来我回了国，你管家内，我管家外，我们两个一同把男男女女从小好好带大，这就是我们两个人的大责任。你说对不对？我看你这封信有几千红印子，这自然是你写信时伤心之故。你一直拿好心对着我，我自然十分知道，上一封信都是我多心之故，惹得你为此伤心，这完全是我错了。妹妹，请你宽恕了我罢。我又把你这封信拿起了看，那信中间每个字我看了都爱，因为我想起了你是怎样写字，写字时怎样一种神气，它们每个字都教我想起你来。在外国住，孤零零的，实在无味，不过想到将来，又不能不忍耐。这次赵先生离了开明，我的书因此印不了，我又很想考个博士回家，那离现在还要四年，你等得了吗？上次说的那些衣服你寄到上海，闸北，天通庵路，三丰里，廿二号赵景深先生罢。

沅　五月十九日　第十八封

你到底也知道我爱你了

最亲爱的霓妹妹：

四月廿半晚的信我收到了。妹妹，我现在并不曾瘦，你务必放心，我看书很知道，累了就不看。如今春天很凉爽，我每天下午都出去到草地上散步半点钟，精神觉得很好。我自己现在很知道保重身体了。我总要保得一个好身子回家去给你，妹妹。我如今实在不敢想你，因为一想你就巴不得立刻回家才好，我只望快些把书念完，两年后得个硕士便回家去。妹妹呀！我现在最伤心之事就是这几个月不曾寄钱给你，以致你愁上加愁。虽说我的钱再等十二三天就可以到你手中，以后每两个月寄一次是再也不会错了。但是前三个月中，就是阳历三四五月中间，你不是无钱吗？这其间你怎样支持过去，我简直是不敢想下去了。以后无论如何，我决不错过寄钱给你，希望你宽饶了我这一次罢。

我想将来找到几个朋友，我们自家开一个书店，我们自家的书自己来印。我回国以后，自然还是教书，因为这稳得多。我总要你以后再也不要为了这些事发愁，我才舒服。我最爱最敬的妹妹，我看了你这一封信，一面心中说不出的难过，但是一面又一百分的快活，因为你信里说了这样一句话："子沅：你对我好处记不尽说不完。”妹妹，你到底也知道我爱你了。这我是多么快活啊。我自从结婚以来，一天过一天，知道你更清楚，我也便一天过一天，更加爱你，更加敬你。到了现在我的爱情敬意简直是说不出了：我觉得我能够得到你做我的妻，我真是十分运气。望天保佑，我在外国这几年不要遇到什么意外事情，留到一个完完全全的身体回家去交给你收着呀。

就是霓妹妹一个人的，沅　五月廿三日　第十九封

那一百张画片这两天你就该收到了。已经收到了没有？

还有那一对发网，你也已经收到了吗？

我握着你的手，低声说些喊喊话

我最亲最爱的霓妹妹：

我把你这封信又看了一遍，有四个字，我这次看时特别留起神来，那就是你说你“昏昏沉沉”。你这封信是半夜写的，说不定是精神不好了。也说不定是你先哭了一场，所以头脑发胀。我想你的时候，哭起来，总觉得头胀得多大，眼睛也难受；看书，总有一两天眼痛。你近来又忧愁，又操劳，身体一定大不如前了。好妹妹，我千求你，万求你，一从今天起，以后再也不要多劳了罢。你喜欢作事，这自然是很好，不过把自己太劳累了，惹得你的沅哥哥沅弟弟心中不安，那想必你是一定不愿意罢。我如今身体很好，一点没有瘦。你也要爱惜千金身子才对呀。你可知道，娘从前就是过于操劳，去世太早。霓妹，你千万不要再多劳了，免得我后来伤心。我自己怨我害了你。现在让我们两个商量定妥。你也保重自家身子，我也保重自家身子，将来见面之时，我们这一对夫妻面对面地哈哈一笑，那是多么有味哟。现在我有一个好消息告诉你，就是这所房子，好像北京公寓一样，租住的房客很多。里面另有两个中国人共住一间房，这间住房很小，只够放两张床，不过连着住房另有一间大房也在内，这大房间里有煤油火灶可以做饭。他们两个中间有一个走了，那一个今天同我谈起，睡房中多少有点臭虫，不过我现在这间房里有时也有臭虫，只要他们房中臭虫不太多，我等几天就搬去和那张先生同住。要是搬过去，又可以多省些钱，那时每月总能省下美金三十块寄给你，你看这是多好。我们这样省几年，再邀几个朋友，尽可以开一个书店了。以上廿三日。

霓妹妹：如今树一齐都绿了，我每天下午到草地上去散步半点钟。精神很好。妹妹，最亲的妹妹，我想到几年（如考博士就是四年）之后，回家时候，见到你，那是多么有味啊。日里我出去教书，或是在家作文，吃早饭是拿腌的白菜萝卜豇豆扁豆（还有几个红辣椒）下饭，中饭是拿豆腐、红烧肉丸作菜。你在家里主持家务，那时候小沅小东都大了，我们夫妻两个教他们书。偷到了空工夫，我就坐在你身旁，捱在一起，你的热气飘到我身上来，我的热气飘到你身上去，我还握紧你的手，尽望着你，望着你，低声说些喊喊话，温柔话，说我怎么爱你，怎么敬你，在美国时候怎么想你。到了晚上，小孩子同一家人都睡了的时候，我们一个枕头，帐子放下来了，你把头枕在我的臂膀上。唉呀，那时候那种亲热恩爱，怎么是这枝秃笔所写得出的啊。霓妹妹，我最恩爱最敬重的霓妹妹，我们耐心等着罢。

永远是你的恩爱丈夫，沅　五月廿六日　第廿封

霓哥哥一定想出许多方法让你高兴

妹妹，最亲爱的妹妹：

我接到你四月廿六日一封长信，我真是快活得说不出。发网以后再买去。你信中教我寄大画片给你，要山水，最美的母亲同小孩，各种风景，哪知道这些正是我寄给你的，并且还有猫啰、狗啰，欧洲各国有名古迹房子，日本、印度、非洲的埃及、美国各地风景古迹都有。那许多画都是西方最有名的画家所画，我想这总该中了我妹妹的意罢。

我屈指一算，今天是六月二日，我是四月十七寄钱到培丽公司去的，他们四月廿日总可以寄画片了。路上三十来天，应该上一礼拜就接到了。我想到你看见画片之时多么高兴，我也高兴起来。是呀，妹妹，你看就是了，沅哥哥这几年之内一定要想出许多方法来让你高兴。回国以后也要想出许多方法来让你高兴。是呀，霓妹妹不是这世界上我最亲最爱的人吗？我应当想出方法来让她快活才对。那些画片有些多买了五张，那是由你出名送三姊，刘四太太，万五太太，每人两张，再凑上那些风景画、花鸟，每人一份，或是八张，或是四张，由你自己定准罢。七妹也可以给她几张，省得别人说闲话。这些画我以后可以另买，所以现在拿些送亲戚，并不要紧。每张画左边下头有英文字是“培丽画片”第几号，按那画码再买，决不会错。我想每人至少送八张，多的随你，你以为如何？真心对你的好朋友你想送时，那更完全是你一人的事，用不着我多嘴。这九十几张画片都是你买的（我好像当差），一笑。那六张大画，算我赠送与你的赠品，这六张你可不要送把别人。尤其是一张画了一对情人，那张你如若送把人，我一定不依。这家公司还有许多别种画片，我现在暂且不说，免得说破法术，戏法不灵了。汽车我很小心，并且我很少上街，平均一个月上一次街，我还不曾看过一次电影，别的可想而知。我因为汽车太贵，以后再也不曾坐过它。我如今只想多余几个钱寄给你，别的我都不看在眼里。我读书决不太用心就是，请你放心。我每天下午到草坪中散步一点钟，精神很好。我同朋友都少来往，旁事更不用说。好了，唐先生柳先生都要来了，又多两个熟人在这里，闲空时有人可以谈谈。小沅乖巧，我听得十分快活，并不一定要进幼稚园。到了四岁，你自己很可以到商务印书馆买一副活字块，一面是字，一面是画，教小沅认认字。不过不要放纵他。并不限定要打他，随时告诉他读书明理就是。他要是好强，那就最好不过；他做错事情，只要说他失了面子，他一定就会改了。你近来喜欢小东，我听到更快活，因为我知道小沅你是很爱，我不必记挂；唯有小东我很怕你不爱她。如今你既爱她，我的心更放下来了。小东也像我，这可见得你一心一意对我，想我，所以生下女儿来，都像我。我如今很不赞成你去江西，因为家用不愁，并且长沙你很多亲戚朋友，何必走那远路回去？以后我回了国，挣出了一个名字来，那时我们再一同下乡去热闹一番，那倒有意思。

沅　六月二日　第廿一封

我们虽然远离，但感情浓厚

最爱我我也最爱的霓妹妹：

屈指一算，应当十二天前你就接到了那一百多张画片，今天你也该接到了我这次寄给你的卅圆美金。妹妹，你信里埋怨我不该思家，但是我不想你，教我想谁呢？妹妹，我想你，我就应该顾念你体惜你，我决不半路回家。我决定考出个名义以后，才回去；好教你面上光荣。妹妹，你放心好了。我近来身体很好，精神也旺，你也可以放心。有时候忽然想起来要抱着你，教你的头靠在我胸口上，听我在你耳朵里面说我怎样爱你，怎样敬你。我要听你低声回答我，我要看你那一双可爱的眼睛里边射出爱之光来，射到我心上，勾起一股麻辣辣的滋味。我如今看你写的字都爱，因为你这些字好像一个女孩子写的，十分可爱。我可想到这一笔字并无老师教，都是你自己练习出来，这又十分可敬。妹妹，我们虽然远离，我们感情浓厚，一天强似一天。你说的很对："旁人哪知道我夫妻感情，哪知道我们亲密恩爱。"是的，那枕边一段恩情，我结婚以来头一次看到你对我痴心的模样，我到死也不会忘记。这一段私情，就是你我两人知道，除此外还有天地知道罢了，妹妹，你从前一点菜不肯吃，只是操劳，这教我很不放心，以后务必鸡蛋、豆子、油水各种荤菜多吃些才好。你自己身体务必多调养，不要太劳了。这面学校还有两天就考了，考两天，以后放假一礼拜就是暑季开学。夏天本可以不念书的，不过我想快些赶完功课，早日回家，所以我还是念书。

沅　六月七日　第廿二封

罗先生新近在北京美术学校认识了一位同乡邓学成女士，感情很好，或者可以有回国后结婚的希望，他送了我一张邓女士的照相，现在寄给你，已经去世的杨先生照的相也寄给你。

见如见你，心中说不出的那般快活

最亲最爱的霓妹妹：

你搬回般若庵，写了两封信给我，我一天收到，你说我这是多么快活。同余家舅母合住，这教我把一片心放下了，并不是我不相信你。妹妹，不过有人合住，有亲戚合住，胆子大些，万府上我觉得不方便，并非别故，是因为我们并不曾穷到那种田地，并且他们有两房，人很多，我们去叨扰，总不过意。如今不太平，外头消息你千万要细心听着，好在长沙亲戚很多，消息你想必不愁听不到。这种时候，宁可多小心些，不过太大胆了。从前在北京你向我说过，兵进了城以后，你还在街上取照相去，这是多么危险！以后千万不要再这样大意了。还有那次去北京，也冒了很大的危险，那都是我不好，累得你单身走几千里的路。好在后来决不会再有这种事情发生，你以后再也不必冒这种险了。小东东同小沅都很好，我听了十分放心。小东东要雇奶妈，这是最好。我五月二号寄给你的卅块美金，想必早收到了。下月一号（离今天十八天）我又寄卅给你。以后每隔两个月寄一次，你请放心。培丽公司的画片你喜欢吗？妹妹，你如今身上我件件都爱，你写的字我也爱，你来的信，我每次至少看两三遍，以后想起了，又看。我见了字，就如见了你一样，心中说不出的那般快活，有许多字你写得特别可爱，如今在纸上也讲不清楚，等回家以后，我们两个肩并着肩的时候，我再仔细指出来给你看罢。你听到的那个笑话很有趣。那个父亲太荒唐了，写“忙”字写少了一个半边“心”字，写成了个“亡”字，这人真是忙得心都掉落了。那个少奶奶幸亏救活了，不然，多么可怜。你近来信写得非常之好，我看了十分高兴。憩轩四哥身子不好，吃得了苦吗？我看他还是不要出门罢。

霓妹妹一个人的达达丈夫，沅　六月十二日　第廿三封

想到你会高兴，所以我也高兴起来

霓君我最亲爱的妹妹：

前两天已经考完了，大后天便是夏天上课。我来了这么久，还只热过一天，平常都很凉快。听说阳历八月底有十天热的，其余都好，因为靠近湖水的缘故。所以你务必放心，不要为我多心。并且我近来身体很好，精神也旺。我记得前两天，不知十一还是十二，写了一封信给你，那是第廿三封。不过我查信单，上面并不曾开出我那一天写了信给你，不过我明明记得有一封信给你。大概考时候忙，我忘记在单上开出，是不是？望你告诉我。

我今天翻开这“寄信单”一看，第廿三封是七号寄的，今天是十五。我当时吓了一跳，难道有八天我不曾寄信给你了吗？后来又看你最近来的两封信，都是十一号，信里讲的笑话我明明记得回了你信，所以我想一定是写了第廿三封给你，不过因为课考忙碌，忘记了登了寄信单了。并且我明明记得我拿了一张有大花头的纸在上面注明号码寄给你。我当时很高兴，因为我想你看见了这张号码纸好看，一定会高兴，所以我也高兴起来。你说你常常头痛，我想这有两个缘故：第一你太操劳，第二你在吃菜上太省钱。以后无论如何，我寄钱是再也不会错了，你千万不要再心焦。鸡蛋豆子同荤菜都是补品，我求你多吃一点。你千万不要因为怕我不放心，以后害了病不告诉我。病无有不能治的，就是怕自己勉强，害了小病不舍花钱去治，那真要小病成了大病，大病简直危险了。日常饮食卫生对于身体最要紧。多吃补身体的菜于你最好，还要少操心。这些话你千万听我，好妹妹。听说万府上分了家，这封信还由他们转。这是为了不知道你住菜根香长久不。如不搬了，以后便直接寄到菜根香。

沅哥哥　六月十五日　第廿四封

你还记得我这热的太阳

霓妹妹我最亲爱的：

前几天学校夏天这季开了学，我念三样功课，比从前忙得多。以后我还是一礼拜写一封信给你，不过要是有时候写得短一点，那是因为课忙，也是无法可想的事。我有十一天不曾收到你来信了，这我想来是因为你等我叫培丽公司寄画片给你，你要等收到画片才回我信，这几天想必你就有信到了，因为我是四月十七寄的钱买画片，廿号公司可以收到钱，发画片给你，路上一个月，你五月廿号左右可以收到，回我的信，早迟也就在这几天。我等你这封信，是想看看你喜欢这些画片不，还想看看你喜欢哪些张。阳历九月左右我打算买几张别样的再寄给你。我这里近来有时热，好在常常下雨，还不十分难受。只是要多多洗澡，身上没有气味，省得上课时候，别人不高兴，我自己也不舒服。我如今念的三样书，有一样是希腊文，这希腊也是一个古国，有三千年的历史，他们作文作得特别好，一直到现在，他们外国人还是赶不上，又有一样，很巧，我打开书看不到两页，就看到一首诗，那诗是说一个女子想丈夫，她说丈夫是太阳，她自己是一棵树，有丈夫在身旁，就像太阳照在头顶，冬天多冷也不怕，她说热太阳晒在她身上，结了几多果子，丈夫不在，只好看看这些果子，因为这些果子像她丈夫，所以她相思稍微减少一点，亲妹妹，你还记得我这热的太阳罢。最亲爱的妹妹霓君，你可记得有时我热得你浑身出汗，涨得你浑身舒服，顶得你心里发麻？好了，不讲了，省得彼此难受。在此停住，下次再谈好话。你的热太阳。

沅　六月廿二日　第廿五封

第二章

你有爱情，你对我有最深最厚的爱情

对于刘霓君对他的爱，朱湘深信不疑，这份由同情转化而成的爱情滋养着朱湘，一个漂泊的灵魂终于找到了归宿。在外人看来，朱湘孤僻、偏激、神经质。梁实秋也说：“在历史里一个诗人似乎是神圣的，但是一个诗人在隔壁便是个笑话。”但在妻子面前，他全然不同，跟普通人家的丈夫一样，爱家、爱妻子、爱孩子，在信里讲述生活中的琐事，关心妻儿的生活，事无巨细，殷殷叮咛，节省每一块钱，希望能寄给家中的妻儿。

刘霓君是爱着朱湘的，朱湘去世后，她把他在美国留学期间写给她的信完好地保存着，后人这才有机会看到这些渗透着诗人无尽思念的绵绵絮语。

你写这么长的信给我，可见你痴心

最亲最爱的霓妹妹：

一连接你两封信，又厚，写得又好，我说不定是怎样一个快活的方法。你写这么长的信给我，又是半夜写的，可见你对我是多么痴心。亲妹妹，以前我有两个月没有能够寄钱给你，累得你要自己做工，我实在心中十分难受。你这样忙，还写那么长的信，我怎能放心。妹妹，我不敢要你写长信了，以后你写短一点吧。你有点不舒服，自然是心中焦急之故。妹妹，我以后钱决定不会再错过了，我求你从此放心吧。我并不要你进学堂了，从前我是怕我不能按时寄钱给你，所以望你进进学校，省得多操心；如今我是决定能够按时寄钱了，所以我不要你进学堂。妹妹，我有一个很好的消息告诉你听，我现在已经自己做饭了，将来钱决不会少，决定能按两月寄一次，并且每月能多余十块美金。这笔钱每两月连着寄回家。所以从前开书店那个打算，如今是很有希望了。下月阳历七月（就是六天以后），我寄三十块美金给你，因为唐先生处替死了的杨先生捐钱作纪念，我答应捐十五块美金。阳历九月我寄四十块美金给你，因为罗先生在清华替我担任了许多债，我那时不好不寄十块美金给他。但是从阳历十一月起，我就能每两个月寄美金五十块给你。

以后余下的款项望你小心存在妥当地方，几年之后我回家之时，就可以开书店了。霓妹妹，你看这是多好的消息。在外国作饭不十分费事，我每天吃两顿饭，每顿做一点来钟。做做饭倒很有趣味，从前一天到晚念书实在不好。我这两天精神好得很，以后我想也是一样。所以亲妹妹，你同我一同哈哈大笑吧。那一百张画片你应该阳历五月底收到的，你想必写五月廿五那封信的时候，那几天已经收到了。这些画片你喜欢吗？我以后再多买些寄回。你做巴巴头，可见得你真能干真聪明。这也是一种学问；教我来做，恐怕做到头发白了也做不出来。要念书了，下次再谈。

霓妹妹的亲爱夫君，沅　六月廿五日　第廿六封

这些信封印得很好，你心思真灵巧。以后用完时候，可以用我这封信里附带的一张样子去印。我这样子，当中有你的地址。样子以后寄吧。

你一心一意对着我

霓君我最亲爱的妹妹：

我近来虽然忙点，精神却十分健旺。自己做饭，很有趣味，用的煤气，方便得很。外国牛奶干净，我定了长期，每天八分一瓶，有我那漱口盂（就是你那长沙带到北京的）一盂还稍为多一点。我每天吃鸡蛋，三分一个。白菜是贵些，七分半一斤。肉因为不干净难洗，我只买点火肉（假火腿）吃。这里有一个好处，就是大街上（离学堂有半点钟电车）可以买到酱油、虾米、香菌等，那是广东人开的店，比在中国自然贵得多，一瓶酱油要四角钱，别的可想而知，不过味道很好。我有一次拿葱用酱油炒火肉，香得很，我吃得很快活。女房东说我会做菜，味道做得很香。其实呢，就是那酱油虾米的香味，我何尝会做菜呢？我吃面包，因为煮饭费事，并且饭不如面食补。妹妹，到了阳历十月时候你不妨少寄点腌鱼腊肉八豆给我，看他到底要抽多少税。少寄一点，要是抽税还不很多，以后还能寄的。阳历九月听说还热，你阳历十月底寄吧。再迟些也不要紧，因为这面春天来得很晚。妹妹，我很快活，因为我从此能够多寄钱给你。妹妹，我们初结婚的时候，我不知人世艰难，预先说能赚多少钱一个月，到后来一场空，到惹得旁人疑心。所以我临出洋时候，不敢说定每月能寄多少钱给你，怕到了美国以后，万一寄不了那么多，你不是要疑心我吗？那时候你应该是十分心中难受，因为我既不在你身边，你又疑心我在外荒唐，不顾你。我如今知道一定能寄多少钱给你了，所以当时告诉你，让你也高兴高兴。

今年这个夏天，这面下了很多雨，凉爽之至，据说好多年来都没有这样。你把戒指换了，我听得心中难受，这都是我不能寄钱回家的过错。你说小沅过三周岁（照算是四岁）时候，说得我真动心，可见你一心一意对着我，无论什么时候都想起我来。古人说得很对："自伯之东，首如飞蓬；岂无膏沐，谁适为容？"意思是说："自从我夫君去了东方，我头发乱得同稻草一样。难道我没有生发膏搽头发，没有水洗吗？不是的——只是一样：我夫君出门了，我何必打扮，我打扮给哪个看呢？"霓妹妹，你在小沅生日，那么热闹的时候，你还是想着我，我这是多么中心感谢你啊。岳母大人近来身体忽然好了，这真是天大的喜讯。不过你还是住在长沙好。如今用费并不愁了，何必再打扰亲戚呢。我并不要你进学堂了，因为现在一切不愁了。你好好教教小沅小东东，我就放心。这个你也早知道了，不用我说，算我多嘴吧。说得很久了，下次再谈。四天后寄钱。

你一心一意想着的，沅　六月廿九日　第廿七封

接到你三封信，快活得很

霓君我最爱的小妹妹：

今天是美国独立纪念节，所以能偷空写信给你。昨天下午我寄美金卅给你，想必这两天你就收到了。我从前教培丽公司寄的画片你已经收到了吗？不见你来信说，我很记挂。下次我买几张很大的寄给你。赵先生来信说我两本译的诗都寄到你那里了，你收到了吗？望你替我存着，将来回国时候再印。妹妹，我今天做的面疙瘩吃，也是拿蛋和的，加白菜用牛奶煮，煮了半点钟，涨得很厉害，简直成了一小锅，中午吃了一半，味道不错。等写完这封信，就作晚上的一半吃。美国苹果汁多，香蕉也不错。今天他们过节，也放爆竹，就是砰咚响一声，就完了，没有一点花头；连个天地响都没有，更不要说别样，远不如我们中国。这两天热，我把头发剪了。我忽然想到穿中国衣服真舒服，不如等竹布大褂来了以后，我看看大小，再告诉你，由你明年春天替我作两件纺绸大褂寄给我，就是要抽税也管不了那许多了。他们外国女人真舒服，男人真受罪，上课时候，教习不单黑衣黑裤，里面还穿着黑背心，真是文质彬彬，有礼得很，不过身体可受罪了。

七月四日

昨天五号接到你三封信，快活得很。我过得再好不过。吃面包：一则补，二则省事买现成的。菜也补，请你千万放心。我礼拜并不用出去玩，因为一动就是花钱，并且我如今念书念得有味，也不想玩。哀情小说看了恐怕会伤精神，你不要看了吧。要是你觉得太闷，不如在学堂里每天念两点钟书（不要太多，因为小沅小东你得看管）。朋友多些，或者好点，再不然就每天做个两三点钟的工。一忙了，就可少相思一点。妹妹，你想我是我最高兴的事，不过几年之内我是决定不能回家，我很想考个博士回去，教你面上光荣。所以这几年内我们两个都要想法让日子过去，越快越好。四年后我们就永远不分开了，你也永远作“博士太太”了。我想这个方法最好，你不过千万不要再像从前那样作工作到半夜，你那样把自己身子弄坏了，我是决定不答应的。我并不是要你读书做事，不过这样混过日子混得最快。哀情小说你千万不要看了。妹妹，我这面有时虽然热点，比北京我们住东老胡同时却好得多，做饭也省事，一切方便现成，可以请你千万不要焦愁。小沅小东东都很懂事，我很爱。这一对好孩子，不是我那好妹妹，谁养得出？妹妹，我自己作饭并不费力，你放心好了。我每日不用愁衣愁食，有现成钱寄来，我近来精神很好，我作饭也极其有趣。妹妹，不用多心了。我决不会害病（除了相思病），一笑。枕头不要寄了，因为用不着，并且抽税很重。你说的绣花寄到美国来卖，我也问过许多人，都说抽税太大，一时不提吧。你打的信封很大方，我看见很高兴，这是你能干。法国同美国不一样，法国人随随便便，美国人最怕人赚他们的钱。画片他们寄的大半不错，因为寄到中国要邮费，我当时以为不要邮费呢。以后你写信，在日子后面最好注明第几封，这张纸自己留着，不用寄，我自然会告诉你。

沅　七月六日　第廿八封

细数这五年的离情别意

霓君爱妹贤妻：

今天连接你两封信。小沅害了一场大病，小东又没有奶吃。我眼泪都热到眼睛眶里了，把它忍住，才不曾掉下来。以后我寄钱决不会再错过了。爱妹，爱妹，你放宽心吧。每月用二十块钱我看太少，不如每月用三十。千万听我，不要再省。这几个月由你操心，我心中不知多么难受，只好等回家以后，大大谢你一下吧。你近来身体也不好了，第一太操心，第二因为吃的太不补身子，我求你以后千万多吃荤肉鸡蛋豆子。爱妹爱妹，你听我好呀。妹妹，你的信我都好好收起，注明号码。哪封是哪天发的，哪天到，我都写得明明白白，好带回家去，我们肩并着肩地从头细看，细数这五年的离情别意。到晚上重温那只有我俩知道的风流。我如今也打算考个博士回家，我本怕你过不了，忍耐不下，现在你很情愿，我真一片心放下了地，从此我就能专门用功，好教你四年后欢欢喜喜作个“博士太太”。以后你忙就少写封信，闲一点再多写，千万不要勉强。我如今一片心都放下了，从此安心读书，决计要成名归家，教你面上光荣。小东东务必带回家，雇奶妈。我以前教你替我作夏天衣裳，都不要了。万一你一定要作，替我作两身粗夏布小褂裤好了，夏布越粗越好。别的衣裳都不要。记着记着，大褂穿不出去，作了无用。明年由罗先生带来这两身小褂裤好了，不必寄。你以后不必勉强，一个礼拜写一封信给我吧。你写得太多，我怕你伤神，不放心。

还要分离四年的爱夫，沅　七月十日　第廿九封

让我在梦中亲你

最亲最爱的妹妹：

我如今精神真好，不过也忙。有一个教习教我们念许多许多的书，天气一热，不知多么难受。还好热天不多，一礼拜中只有一天热得厉害，其余六天都凉快。阳历九月放一个月假，那时候可以多写些信给你。如今这七月八月，妹妹，求你原谅，让我十天写一封吧。我如今做菜很快（面包买现成的），连着吃饭洗碗洗脸，只要一点半钟，有时只要一点钟。我做菜很有趣，因为一切方便干净，不比我们一对在北京上海时候那样费事不干净。荤油是现成煎好，只要两角美金一斤，又方便又便宜。蛋是三分一个，也不贵。就是素菜等等贵些。听人说，由中国寄菜，没有什么大税，这真好。我阳历寄五十块钱给你时候，望你拣可寄的菜每样寄点，不过不要太多。我知道你爱我，要寄菜给我时候一定会多多寄来，所以我特别再三叮嘱你不要多寄。因为我吃完，就会告诉我妹妹，教她再寄。我们如今爱情到了最高的地位，你如今就是一个月写一封信给我，我也放心，所以你以后忙时候就少写封给我，千万不要勉强，像从前那样日间很累，还要半夜写信给我，那我才真不放心呢。就此停笔，让我在梦中亲你，以当见面。

你的亲爱，沅　七月十七日　第卅封

两个孩子最要紧，别的一切不用管

霓妹妹：

我不能不怪你，小东因为没有奶吃，所以吵得厉害，你为什么不雇奶妈？儿女的命要紧，还是几个臭钱要紧？小孩子小时候不吃够奶，一定长不大的。我也不该，我不该教你替我作夏布衣裳。夏布衣服也用不着，穿不出去，不知我为什么要作。我真是遇到鬼了。小东一天不雇奶妈我一天不放心。以后我说什么话你可以不用听。两个小孩子是最要紧。

沅　七月廿三日　第卅一封

妹妹，请你不要伤心，上面是我急头上写的。总而言之，两个孩子最要紧，别的一切不用管。头一件事是要看顾他们这一对小兄妹。前一些时候我想由你替我作两身里衣，趁这夏天由同学带来，如今一想，不必作了罢。作了也穿不出去，不如不作。还有后来我告诉你替我作纺绸大褂，那更不用了。是一时天气热，想出那些花头来。如今仔细思想，作了穿不出去，何必作呢。光预备在家穿，也太不上算了。并且现在我住的这层楼这半边，别人搬走了，只剩我一个，我脱了衣服，也无人看见，不用你替我作衣了。倒是吃品，等秋凉时阳历十月初你接到我钱（我九月一二号寄美金五十给你），可以零碎每样寄一点，多寄几样菜给我，那我就喜欢得很。一则省钱，二则家乡口味，我吃菜就如见我亲爱的妹妹一样。衣裳千万不要作了。我做菜如今很干净，不用另穿大褂，那都是我从前不曾做饭时候自己乱猜的。今天要考，不能多谈。

娶妻是娶贤慧能干，不是娶读书

最亲最爱的霓妹妹：

你端阳来信，我看到十分难受，所以立刻写信同你说我的真心。我们这样好的恩情，妹妹，我哪肯同你分离？我哪忍心同你分离？我同你说过多次，娶妻是娶贤慧能干，不是娶读书。我对于考博士并不看得怎样。明年我得学士，那是不够，后年得硕士，满可以回家了，那时候饭总不愁没有吃，并且省了两年的钱。再加上朋友，很可以开一个书店了。还有两年，到那时再说吧。我是并不一定要在外国多住。小东东你千万雇奶妈。憩轩四哥处自然要一个月写一封信。我那一封信一定是你看错了，我一定是说你一直拿好心待我，我有时自己惭愧；不过那也是别人从中挑唆，我自己自然那时也糊涂一点，不如现在明白。我是多谢你，责备我自己，我并不是责备你呀。

妹妹，请你把那封信寄回给我，让我看看写错了什么字没有。妹妹，我们结婚以来，你为我吃了多少苦！我要说你待我不好，那我一定是丧尽天良了。一定是那封信里我不曾说清楚，或者错写了什么字，千万寄回给我，让我说清楚，省得你伤心，我也伤心。妹妹，我们爱情到了这种田地，你为什么还不放心呢？

难道我这个人真是无心肝吗？唉，隔了三万里也说不清楚，将来等我回家夫妻再团圆，你就可以看见我这片真心了。小沅东东的照相照得很好。东东大概是头次照相，她看见照相机子心中很奇怪，所以张大了口。小沅很懂事了，他的头很大，将来一定很能念书。妹妹，我立刻就去照相，你千万放心吧。以后钱还是照数寄，请你放心。下次（阳历九月一号寄）起，每起寄五十美金。余钱尽先还万府上。夏布我真反悔教你买，既然买了，也就无法。妹妹，你对我太好了。你要进学堂，早出晚归，那何必呢？家中事务很多，尽够管了，何可丢了小孩子去学堂？千万不要进学堂吧！你为我吃了这多苦，我要是还叫你作寄生虫，那我真是没心肝了。妹妹，你有时实在多心，你实在想得太多，妹妹，想得太多，伤身体的。你以后千万少想一点，多哈哈笑几声罢。唉，妹妹连一双一块多钱的鞋子都买不了，我看到，眼泪忍不住要淌下来。我那亲爱的霓妹为我这样吃苦，我要是再不知感激，那我真是狼心狗肺了。以后寄钱，每两个月五十美金，决无一误，请放心罢。十二点半都过了，要做饭了，下次再谈。

永远爱你的夫君，沅　七月卅日　第卅三封

书念不下去，总是想起你来。有一天我把头枕在胸口，同你亲热，说我在外国多么想你，你在长沙多么想我，那时我就安心了。我有些事都不敢告诉你，比如有些天我睡不着，到一两点才闭眼，第二天七点半就要起来上课。好在一样，这种日子很少，我近来身体又比以前好得多，请你不要忧愁吧。快点把这两年过完，回家去见你罢。近来忙些，不能写很长的信给你。以后你千万不必勉强写信写到夜四点，省我记挂。

你为我吃苦，我不忍心责备你

最亲的妹妹：

我接到了你寄来的药。我又高兴，又好笑。高兴的你在三万里外常常记着我的身体，不怕费事，寄药给我。好笑的是这些药并用不着，因为我精神很好，不会害病；就是万一有点不好过，学堂里也有现成的七层楼大医院，不用我自己出钱。无论如何，这是表我妹妹的一片心，所以我接到的时候，十分快活。

神曲茶是不是越老越好？几年之后，我再带回家去，那时候茶也很陈了。妹妹，我以前教你替作夏布衣裳，现在越想越反悔。我通共只能寄六十块钱给你，还要你替我作衣，这我真是大不该。既然作了，也无法。别的衣裳千万不要再作了，省得我心中难过。今天是阳历八月二号，再过一个月我就能寄一百块中国钱，那时候你收到了钱再买点菜寄给我。家乡口味，那是再好不过了。

八月二日

我记得七月底写了第卅三封给你，不曾登记号数，不知是不是。如若是，那这就是第卅四封了。妹妹我要说句笑话。药寄来有什么用呢。我别的病不曾害，单单害了一个相思病，这古怪的相思病有药治得好吗？不，除非那粒灵丹，别种药是治不好我这怪病的。我这几天晚上每晚作梦，有一晚梦中与你会合，还有一晚梦到平地飞升上天，可惜飞得不远就醒了，不然飞回长沙去，那才有趣呢！还有十五天课这夏天就完了，阳历九月是暑假，可以歇歇。我到秋凉一定照相给你，那总在阳历九月底十月初中间。我很想看你的照相，不管她高底鞋平底鞋，你快寄给我吧，以后不要穿高底鞋好了。我希望你十月中间接到我的钱那时候，快做一双平底鞋。上海赵先生说我那两本译诗已经寄给你了，你收到了吗？要是清华罗先生想看，你可以挂号寄给他。罗先生近来同邓小姐感情很好，不过出洋问题不曾解决，还不曾谈到结婚。小沅东东近来好吗？我想起小东没有奶妈，心就放不下去。她在胎里，已经没有吃过多少东西；所以养下来的时候，很轻，如今出了娘胎，又没奶吃，也难怪她哭了。这不比平常小孩子哭，这哭是哭的大人欺侮她，多么伤我的心。一半也怪我，一半也怪你太不把女孩子当人看了。你为我吃了很大的苦，我自然不忍心责备你。不过我想起东东没有奶吃，不免伤心。

三日

小东已经找到了干娘子，很好。不过到底不如雇奶妈好。等到阳历九月寄钱起，你就雇奶妈罢。

亲夫沅　八月四日　第卅四封

夫妻是天下最亲爱的人

亲妹爱妹：

接你七月十五信，内有两首诗，作得很动我的心。妹妹，你真多情，又聪明，又能干。我得到了你，真是福气。你的信也写得特别好。你一夜忽然害怕，叫出来，这教我伤心。我很想明年暑假得到了学士就回家，只要衣食不愁，何必考什么博士！老实一句话，博士什么人都考得，像我这诗却很少人能作出来。这多年你为我吃了很多苦，真是数不清说不完。明年回国，只会一天好似一天，那时让你享点福，才算对得起你。妹妹，妹妹，你近来身体不好，你要千万当心当心。一不要过于省钱操劳。你太不吃菜了；须知菜是人的血，对于人性命至关重要；人不吃菜，就像炉子不加煤。妹妹，妹妹，我求你看开一点，无论家中多么穷，我们夫妻同儿女总饿不了的。妹妹多吃点补血的菜吧！像鸡啰，鸡蛋啰，各种肉啰，才是补菜。我求你多吃点罢。妹妹，妹妹，你不是说你肯听我的话吗？你何以不顾自己的身体，只顾省几个臭钱呢。妹妹，妹妹，你的身子就是我千金之宝，无价之宝。妹妹，妹妹，我求你保重身子吧。多吃补菜吧。你不要过于思量伤心。须知明年我就回家，还不快得很吗？何必愁呢？你可拿别人一比，就不会愁了。就说我家二嫂，一人孤零零的，永无再见二哥的日子。如意珠好是好，将来也要出嫁。这样看来，你的命不是好得多吗？我看你伤心，别有一个道理，就是你住的房子靠近尼姑庵不好。我听得你说你同余家舅母同住，我当时才放下心。如今看来，决定要搬家才好。不必管押铀多大，你一定要搬家才好。你可以多同亲戚朋友来往，省得一天闲时多，就前思后想，伤神。每天作事最多一两点钟，不可再多。这不过教你消磨时光，作多了就伤身子。妹妹，妹妹，何必呢？

我们两人的爱情是天长地久，同偕到老。将来我先闭眼，我就求你顾身子，把小孩子们带得好好的，不要自寻短见，万一你先闭眼，我发誓决不再娶，作负心郎。皇天在上，我家祖先在上，朱湘如不守约，就天打雷劈。妹妹，这些伤心的话，我本不想说，不过我要安你的心，因为你有时还不免疑心我。妹妹亲爱的，须知我们的姻缘是天注定的，父母指腹为婚，我怎能把你抛舍，那我不是成了畜生吗？我也曾经过许多风波；到了关头，我无刻不想起你那可爱的相貌，慈爱的心肠，又能干，又聪明。我们的爱情，我们的关系已经像铁一样的结实，但你有时还不免疑心，我实在伤心。妹妹，我这一片心拿出来给你看，求你始终相信我，那我就心满意足了。暑季只有廿天了，快得很。完了之后，阳历九月放一个月假，很舒服。请你不要记挂，我念书并不忙，你放心好了。我如今作菜做得有趣，一切都是现成，作得很好。将来回国，让我亲自下厨房作一两样菜孝敬你，哈哈。美国这里有一种一寸大的香肠，味道同中国香肚差不多，我拿荤油先炸，后拿中国酱油烹，味道很不错。我如今又能自己煮面，里面加虾米海味菌子白菜酱油，很好吃。也能自己炒面了。一切干净，并不脏。现在夏天，我多吃水果，又凉快，也帮助消化。妹妹，你以后水果也要多吃，买回水果之后，可以拿“来索耳”消毒药水冲进脸盆，把水果洗擦干净；尤其是夏天，更要多洗洗。我从前有过信告诉过你，“来索耳”黄盒子消毒药水，在药房里买得到，加在一脸盆水里面，至少要一汤匙（一调羹的药水加在一脸盆冷水里面）。你就要替小东雇奶妈，我听到真是快活。我知道你对男对女都是一片慈母之心，以前只能怪我不能多寄钱。妹妹，前些时候，我气头上写过一封信，请你宽饶了我罢。如今一天开通似一天，将来女子与男子一样，都是好的。小沅害了病，我听到很难过，幸亏已经好了。公园里可以常去去，因为草木多的时候，空气清爽，最能强壮身体。妹妹，我称呼刘四太太，万五太太，不过是不曾见过面，不知怎样称呼。我在应酬一方面简直是个小孩子，不懂什么，你想必早知道了。何尝是看你不起？妹妹真太多心了！你既反对，我以后称呼憩轩四嫂，雅庄五嫂，好不好？望你告诉我。憩轩四哥处我这就写信，并且寄一份学校校景给他。以后我决定一个月写一封给他就是。你知道不，这一晌忙，北京三哥、四哥处我有二个多月不曾去信了。你写信给憩轩四哥时候，可以说到。老实说来，夫妻是天下最亲爱的人，儿女次之，家人朋友又次一层。医生说你身子太弱，真是对得很。我起初不也是这样说吗，妹妹，从今天起，你总该要宝贵身体了罢，多吃好菜，不要做事操心，好让我回国时候，看到了心中欢喜，知道你肯听我话。长沙有瘟症，家中务必小心，多洒臭药水，菜都要煮得烂热才能吃，千万不要吃生菜冷菜，街上担子的水果不要买，可以买罐头水果吃（不要怕贵），多多洗澡（可惜我不能陪你吃呀）。奶妈要干净老实，脸上身上有巴巴结结的千万不能用。老妈子你也得叫她多讲卫生。你可以把这一番道理说给她听。妹妹，你要我照相，我就凑巧得很，遇到一个上门做生意的人买了一张票。平常要十块钱的，他们只要六块，我等一天稍为凉点就照去。你说罗先生同李女士好，这李女士是个什么样人，我并不曾听他说到，望你告诉我。我好同他开玩笑去。罗先生人是老实，其中或有别故，或是受了拒绝；不好意思，怕我们开他玩笑，也未可知。据他说他想同邓小姐亲嘴，邓小姐不曾答应他，别的更谈不上。杨先生照相我寄给你收着，因为我的东西就是你的东西，所以连同邓小姐照相一同寄给你。今天凑巧是礼拜五下午，所以能寄这封长信给你，已经五点半，要作饭了，下次再谈。

小哥哥，沅　八月十日　第三十五封

赠答霓妹来诗

两地相思一线通，
离情只诉梦魂中。
来年被底团圆夜，
紧抱卿卿说意浓。

金钱用尽又随来，
何必因它自苦哉！

惟有一桩卿爱惜，
千金身体我常怀。

携儿抱女胜多人，
何必颦眉发叹声！
一岁重逢相对笑，
孩童绕膝唤双亲。

爱卿贤慧爱卿娇，
那怕相离万里遥。
有如白日行天上，
百载恩情永不消。

我自己发明了一样好吃的菜

霓妹亲爱：

你已经搬家了吗？我因为你住般若庵不热闹，很不放心。妹妹，我两人分离，你要放开胸怀，少愁一点，多热闹些才好。不然，你一天到晚想我，一天到晚的愁，那是于身体有伤，反叫我不放心了。所以我劝妹妹，这两年内越少想我越好，我并不怪你。你只记着，两年后我回家，那是多么快活，这两年内要彼此保重，到那时团圆，是多有味！这夏天念书，只有两礼拜了，真好。我说给你听，想必你也替我快活。十三号我寄芝加哥全城风景图，你收到了吗？还有六号寄的校景，也收到吗？学校校景我也送了憩轩四哥，稚庄连襟，季眉姐夫。一家哥哥姐姐都寄了校景，所以七妹也不能不给她一份，你说对不对？我很想寄上一份给岳母大人，不过武陵住址我忘记了，你可以告诉我罢。要不，就由憩轩四哥转呈也好。我如今自己发明了一样好吃的菜，就是牛奶煮白菜加罐头玉米（有汤，并且压成了碎片），这玉米加得最要紧。不加玉米，牛奶煮白菜并不好吃；一加了玉米，味道真好。妹妹，在北海划船，你还记得吗？这面公园里也有池子，水比北海还浅，不过路长些。我划过几回，很有趣，可惜你不在这里，不能同船谈笑。比北海价钱便宜，划一点钟只要美金二角五分。我以后热天或是秋天预备每礼拜五划一回，于身体一定很好。你近来身体好吗？头痛治好了没有？小沅好？小东可雇了奶妈？我打算下礼拜左右去照相。今天下午要去配眼镜，这是学堂里出钱，我想既是不要自己出钱，何必不配一副？照相时候或者好些。所以我只好在此停笔了。眼镜如当时可以配好，下礼拜六如若不热，我准下礼拜上街照相去。

爱夫，沅哥哥　八月十八日　第卅六封

你一切谨慎，我自然很喜欢

爱妹霓：

你近来信越写越好，我收到之后，看完一遍又是一遍。你来信我封封都收到藏起，上面注明哪天寄的，哪天收到，是第几封。预备将来回国时候，把我两人来往的信对着看，那一定十分有趣。将来老年，我们回头观看时候，这些信便是我们爱情日记。你的信我向来不曾给旁人看过，你居然能疑心我，我真十分伤心。妹妹，我求你多相信我一点。现在夏天过去了，已经入秋，从前九点钟天黑的，如今不到八点就黑了。你替我作了许多衣裳，明年热天穿罢。用了很多钱，你是一番爱情，不过我本意是要很粗的夏布。作了好夏布也好，将来回国还是一样穿。等我收到，立刻写信告诉你。决不会失落，你放心好了。以后千万不要再作。阳历九月是放假，我并不是一点没有休息。我准后年回家，决不多住就是。我如今身体很好，回国时候，要你求饶就好。以后你上街千万要坐车，一则走路太累，二则人家见你走路，还以为是我错待了你，要给亲戚看见，那更不好意思。我知你是一番好意，不过我请求你细想想，以后不要再走路了。你寄了许多菜来，我真说不出多么欢喜。绣花枕头并不用，请不必寄了罢。如已寄来，我好好收起就是。你说你写了信谢谢赵先生，他不曾回信，你怪起他来，这是你错怪了，谢谢的信照例不用回的。并不是你的字人家看不上眼。我告诉你由他转托清华来美国同学带东西给我，这也很平常，好像我托万府上转信与你一样，没有什么希奇，你真是古板得很。并且我也写了信先托了赵先生，他早就知道了，并非突如其来。你一切谨慎，我自然很喜欢，不过何必太古板了呢。你千万不必因此闷闷不乐。罗先生我当他小兄弟看待，你更不要疑心我怪你，那真大笑话。将来我回国教书作事，朋友熟人，内眷你总有来往，要是你这样古怪，别人还要笑你呢。我们这种新社会的人看好朋友就同亲戚一样，有时比亲戚家里兄弟还亲，所以从前在上海时候杨先生彭先生骆先生，我们都是头次见面，就替我霓妹介绍；后来在北京，罗先生沈先生胡先生也是一样。是你自己太多心了，以后千万不要这样拘执。妹妹，我劝你不要太思想过度，那是自寻苦恼。我今天收到你寄来包裹一件，内有茶叶一包，罐头三个，麻菌一包。麻菌可惜都上了霉，一齐糟蹋了，不能用。由此看来，以后菜还是在美国买罢。横直不过两年就回家，家乡口味那时自然尝得到口。茶叶我如今正在烧开水冲茶。我并不喜欢咖啡，倒是水果我夏天常吃。你说怕学问不够，要进学堂，你自然是一片好心，不过把两个孩子扔开，我绝对不放心。我们百年夫妻，决不会分离的。你连这一点都不相信我吗？我难道这番苦难之后，你独身去长沙，带孩子自撑门户，又单身到北京，吃那多苦。在此之后，我还想同你分离，那我真是天良丧尽了。妹妹，难道现在你还不能相信我吗？你真伤我的心。从前你说是太孤单，我怕你忧郁伤身，所以赞成你每天念一两点钟书。如此看来，我如今极端反对你再进学堂，免得你还以为我说你没学问？你对我心肠好，我已经十分满意。学问我自己尽够用。并且两个孩子多么可怜。我决不赞成你再进学堂。你可以常常看电影，同亲戚朋友多来往些，解解闷，好了。别人同你开玩笑，正是因为你福气好。如今人家开玩笑，你想着我，自然不免心中恨恨。不过将来我回国时候，你定规更觉得有味。茶泡好了，香喷喷的，真好。以后吃完了，我再告诉你。以后我不告诉你，你千万不要寄。我本想前两天配眼镜的，没有那么多钱，只好等下个月再配。配好以后，拿凭单才能向学校要回款子。章程上说第一副眼镜可以十八块美金，我如今钱不够只好等下个月。配好眼镜才能照相。今天（廿三）接到寄来衣服六件，照相一张。包裹值美金二圆，抽税美金七角。上次菜不曾抽税。照相照得很好，妹妹，你如今真像一个太太，不知我运气好不好，能不能让你享点福。至少，我的爱情，你是把定了。怎么，你又把头发留起来了。不过我也不反对，这是你的自由。鞋子是平底，我真说不出的快活。比高底好看多了，又卫生。小沅一脸聪明的模样，将来长大了，恐怕很调皮。东东像我一般正经，你看她那个生气的神气，简直同我那张照相一样。她已经雇了奶妈，我放下了心来。将来我回国，一定尽力把这一对孩儿教得很好。照相背景也好，完全是中国的亭台，令我想起北海我们同游的光景。衣服做得很合身，我穿了试一试，在镜子里自己看看，不觉笑了起来，我相貌是长得饱满些了。我前次上街，眼镜不曾配，但是买了些便宜东西，有一种东西我现在先不说是什么，怕半路被人拿去，所以要想法找一匣子（寄菜木匣可惜坏了）寄给你。

爱夫，沅　八月廿三日　第卅七封

小时身体好了，大了处处上算

亲爱霓妹：

还有五天就放假了，放假可以休息一个整月，这是多么舒服。你寄来罐头里面，香椿最好，拿它炒蛋，很鲜很鲜，素吃也好。这香椿多少钱一罐，望你告诉我，今天礼拜，我中饭刚吃完，泡了一大碗茶，总有小茶壶一壶，现在天气一天凉似一天，一天短似一天，茶叶寄的恰是时候。我上次说的好东西这就寄给你，我很怕它路上压坏了。望你收到立刻告诉我，可曾压坏没有？这是一种说话明片，片上有一个圆圈，你拿手指头按它，它就会叫起来，这片子有三种：一种是小孩子，一种是鸟，一种是猫，各有各的声音，彼此不同。我寄给一个匣子，除开这些叫子以外，还有赠呈岳母大人的大学校景。去年上岸在旧金山买的画片（因为买错了，心里不舒服，一直不曾寄给你，不知你喜欢不），美国，法国，爱尔兰，日本各国邮票，十张芝加哥名胜片，一札芝加哥名胜卷片。这些你收到后，望立刻告诉我，使我放心。小沅现在四岁半，明年五岁你就可以替我教教他认字，也不要多，头半年一天认一个字好了，书店里可以买得到活字块，一面是字，一面是画，小孩子一定喜欢。后半年一天可以认两个字。过了这一年，我已经回了家，那时候就可以由我来教。小孩子年轻时候，最要讲究卫生，小时身体好了，大了处处上算。

爱夫，沅　八月廿七日　第卅八封

你真钻进我心眼里去了

贤慧我妻：

刚才我快活得一大跳。你不是寄来玉堂香菜一罐吗？我看外面画着两棵白菜，以为是煮白菜，没有过意看它，那知一打开，里面是我喜欢得很的京冬菜，我真说不出的快活。我如今真想家不得了。要是明年秋天找得到事做，我真想提早回家。你心思真细：玉堂香菜，香椿，我再不会想到的，你替我想到了。大褂子放长得刚好。茶叶里又寄来我喜欢的菊花。妹妹，你真钻进我心眼里去了。我应当赶快回家，上床，钻进你心眼中间去才好，哈哈。

廿七日吃晚饭时

接到厚信一封。怎么你还没有搬家呢？小东带回了，我听到极其快活。菜根香房子正对西晒，我知道了心中说不出的难过。妹妹，这都是我以前不曾寄钱给你，连累你受这大的罪，又连累小沅生疖子。求你立刻搬家，省得我心里再难受。又靠近尼庵，你常常听到钟鼓念经，心中更加难受！所以这房子你不能再住下去了。赶紧搬家，好让我放心。我住得很舒服，望不要记挂。做饭是用油烧火，一点不热人，面包买现成的吃，新鲜得很。自己只要做菜，不过半点钟就做好了。因为火腿烘肉等等都是现成的，又新鲜，又好吃，做起来最省事不过。我每天吃肉吃蛋吃牛奶，很补，你放心好了。洗白铁锅十分方便，因为不用自己做饭，所以一点不麻烦。面包很补。从前在清华我就是光吃馒头不吃饭。我这里很舒服，天气热时，每天都可以洗澡，这钱一齐在房租里算了。脸水是随便用，又有西式马桶，床上被单每礼拜换一次，枕衣每礼拜换一次，电灯和烧饭用油都在房租里面。总共是二十美金一月。冬天还有汽炉，费用也都在内。我过得十分舒服，你千万不要记挂。小沅真调皮，也听你话，也明道理，我真说不出那么高兴。东东年纪这么小就知道叫妈妈，大了一定也伶俐。我前两天寄一匣子东西给你，你都喜欢吗？以后我每隔一两个月就寄一次东西给你，热闹热闹。你心中看了欢喜，我也跟着欢喜的。画片公司寄信给你，不过是照例；他们美国做生意都是这样。你做过他一次生意，他就常常寄信寄广告给你，招徕生意，并不用回信。你要是回信，他们反而会奇怪。我上街买菜，并不是热闹街市，车子等等毫不用害怕，请你放心罢。千万千万。妹妹，你既知道人是活宝，钱是呆宝，你更应该自己保重身体才是。我就是怕你太累了，只顾省钱不顾你自己千金之体。我是很知道的，望你放心。妹妹，你心思真巧，说话真灵。你问我对于日货的意见，很好，我可以趁此将我的意思表白一番。我是极端主张爱国之人，我生也是中国人，死也是中国人。祖宗父母，儿孙男女，都是中国人。只要男女同胞大众一心努力向前，中国将来一定可以成为一个强国。日本是我们中国的世仇，他们的货品我们决不可用。我们自己的货品最结实，最可靠，从前年纪小的时候是用了它，将来年纪老了也是用它。国货是我们的命，我们要是离开国货，就是不要命，就是不能再活。所以我们决不可以离开国货。就像你寄给我的玉堂香菜同香椿，这都是纯粹国货，在外国寻遍了也寻找不出，它们味道多好，那真是不必我来说了。又像你寄给我的衣服，多么合身，多么舒服，比那些外国衣服又硬又热，中国衣裳不知要好几十倍。我个人意思，中国衣，中国菜，中国茶是全世界上最好的菜，最美的衣，最香的茶。妹妹，你说我错了没有？痧药我也收到了。这是你一片好意寄的，我虽然一时不用，我却把它珍重收起，想必越陈越好，像酒一样，将来还是带回家去。廿八下午接信后，我一面写信，一面吃你寄的国货菜茶。你想再进学堂，这一番求学苦心，我自然极其佩服，不过你要细想一想，那怎么办得到呢。家中无人做主做头脑，那还成个什么家？这是一层。要是说写信，你如今写得很好了，何必多进学堂？这是二层。要说是谋生，我将来作事想必很够了，挣钱是男人的义务，你为妻的义务是管理家务，你管理家务一直是能干，不用进学堂。这是平常的话。万一我有时运气不好，靠卖书也够活了。所以谋生方面，决不用你担心。头两年靠省点钱一年印一两本书，这样有几本书卖着，每年总有进项。你想帮我做事，自然令我听到极其快活。将来开书店，恐怕要请你当庶务同会计，哈哈。这是三层。至于说要在文学方面多读些书，那进学校也没多大用处，不如由我托朋友常买些书或是小说或是戏曲或是诗，你常常看看，惯了也就好了。

这方法请你看如何，望你告诉我。

廿八晚

你说的朋友不要多交，要交就交好的，这实在是很有道理的话。我听到极其佩服。夫妻互相勉励，互相劝导，这是极其应该的；不然，敷敷衍衍随随便便，好也不管，坏也不管，那不成为生人了吗？夫妻之间，应该有什么话就说什么话。这才是两人同心，你就是我，我就是你，合而为一，成了一个整人。好像枕边相抱，两人成了一个一样。妹妹，这封信暂且停住，等后天考完了，再多多写信罢。

爱夫，沅　八月廿九晚　第卅九封

我的心被你偷去了

爱妻：

接八月一日来信，你说我不单不埋怨你，并且很欢喜作饭。妹妹，作饭我也喜欢，你我也埋怨。我埋怨你待我太好了，我埋怨你千辛万苦，独自持家，带两个小孩子。妹妹，我埋怨你最厉害的便是，我的心被你偷去了。好在一样，你的心也被我偷了来，所以现在是我的心在你的胸中，你的心在我的胸中。妹妹，我的心肝呀，我决定明年八月得了芝加哥大学学士，九月就回家。我一方面托朋友谋事，你可以替我托托亲戚。我学的是“比较文学”，无论那国的文学我多用英文教。今天起放一个月假，我可以多多写信给你了。妹妹，你自己太客气了，你说自恨无用，这真是冤枉自己，我替你不答应。你几年来为我受尽了多少苦，这还叫作无用，那我真不知道怎样才叫有用。一个人并不书读得多才算有用。古来多少英雄，都是斗大的字认不满两担的。但是轰轰烈烈，他们有些作了皇帝，有些作了大官，有些作了将军。读书人有时一点也无用，还有时候读书人作了最大的奸臣。妹妹，你书虽读得不多，可是真明白道理，并且真能干。我同你过得越久，心中越佩服你。我爱你的心也一天热似一天。明年我回家时候，妹妹，我放你一年大赦，到明年秋天我一定不放松你，不饶你。妹妹，心肝，到那一天我们的心一同怦怦地跳，那我就甘心了。

九月一日下午

今天是五号，我寄了三十美金给你。我因为寄钱太少，邮局看见你名字，知道是寄回家中，我不好意思，所以我只用了稚庄的名字，这样邮局不知道我是寄给谁，就不要紧了。每次寄三十实在寄不出手，我想以后每三个月寄一回钱，每次寄五十美金，这样好吗？你如觉得有什么不方便，望告诉我。妹妹，我想多省些钱，实在省不了。我身上衣服很少，有的几件，有旧了的，有破了的，穿去上课，简直是外国的叫花子，这对于中国体面实在大有妨害。如今又快到冬天，一切鞋袜都要添置。我昨天上街，本想配眼镜照相的，但是先买了一双鞋，一条皮带，两件衬衫，等等就花了十几块，这还都是买的最便宜的货色。如今是照相也照不了，配眼镜也配不了。我回家一算，大势不妙，所以赶紧今早寄三十美金给你。妹妹，我又得请你等一等我的照相了，这怎么是好呢。好在我明年就回家。不过下一个月我一定要照相去。妹妹，我实在无法可想，并非不想早寄照相给你，我巴不得这一年快些过完，把这热腾腾的身子立刻送到你怀抱当中。我也托了彭先生他们，你也可以替我留心，那时候看那地方事情好，就去那里。

爱夫，沅　再等一年就回家。九月五日　第四十封信

你要是不听我话，你就是心中对不起我

爱妻霓妹：

这几天过得很舒服，自己高兴看什么书就看什么书，不比上课时候什么书都是由教授指定，不自由。我看的书里面有些极有趣味的故事，回家以后，慢慢讲给你听。暑假还有三个礼拜，一定可以看不少小说。这夏天读书，别的一切都自在，并不很热，只是很少热过几天，上天一热，次日便凉了。夏天只有一样不舒服，就是早八点有课，我七点就要起来，晚上是十一点睡觉。可是有许多天要到半夜才睡得着，就是这件苦一点。如今好了，久已过去了，以后我决不选早八点的功课了，你放心就是。这地方夏天并不很热，真正再好不过，是因为靠近大湖之故。十天前寄给你的会叫的画片子还有趣吗？我想你同小沅东东都快活罢？他们兄妹两个对于这些画片发表过什么意见，盼望你转告与我听听。那匣子是软纸，我很不放心，怕它路上会压坏了，不知侥幸你能好好收到不？匣子里有一个封套“日本八景”，那八景我从前早已寄给你了，这次方便，所以把封套也寄与你。邮票之内许多是美国的，从半分一直到十几分每种都有，这是我平常接信时候存下来预备寄回与你的。我如今是住定地方了，以后总可以常

常寄些另件东西回家，让你看到快活快活。妹妹，我冬天衣裳已经作好了，是卅美金一件上身衣，一件背心，两条裤（因为裤子容易破些，做两条这身衣就能穿得很久）。衣裳样式颜色都好，下次照相，就要穿这身衣去。钱还不曾付，但是对于寄回家的款子一毫不动，望放心。以后回国样式决作不了这么好。说来奇怪，我穿上这身新衣，不再把这从上海带来的衣裳，又不合身，又袖子短，又破了，不再把那身衣裳穿出去让人看了笑话。穿上这身新衣，觉得精神抖擞，作事又来得利落多多，真是应了中国的俗话，“衣裳出少年”。外国的俗话，“人是衣做的”。他们美国富强了，一天到晚没有事干，就在外貌上讲究。衣服是一毫气味不许有，我从中国带来的衣裳都是穿了太久不曾洗过，所以有气味。我这一年来穿了它们上课，有时候真是等于从前那些罪犯受活罪。现在好了，从此心中不必再在这上头焦急了。剪发别人大半是每礼拜一次，我却办不了，我是半个月一次。他们美国人真坏，头发不给你剪去很多，你因为碍于情面，又不好向他们讲。不过无论怎样，我是每月只能剪两次，不能再多了。他们用香水洗发，是加一倍价钱，那就成了一块半美金；你如其不让他们洗，他们就故意多留些短头发在你头上不替你撣去。我气得没有法，索性把头发剪成个陆军式，自己洗来，方便得很。这还有一个好处，就是省了发油一笔钱。他们美国人每早晨头发上用一种膏子或是淡油，既费时间又费金钱，我索性不留头发了倒爽快，虽然很少人这样做，我也管不了那多了。胡子是无法可想，一定要每天剃一次。他们美国人有许多胡子硬得真叫人吃惊，说是刀子用一次就扔掉了，一天至少刮两次（有时夜里同妻子打口啵，恐怕还要刮第三次，哈哈）。衣裳我是交给中国洗衣店里，这样比外国店便宜一半，我洗衣算是很省，但每月还是要两块多美金，夏天每月至少三块。从前我自己也试试洗过些零件衣裳，既洗得不干净，又每次都出一身汗，衣裳更容易脏，更容易出气味；并且万一被人看见，那真是最丢脸的事情。中国人在外国开洗衣店，都被他们看不起，老实说来，也不过他们眼红，不愿意中国人赚他们的钱罢了。最省钱的便在饭食上面。这一项如今省了十块，所以我能寄十五块以上的数目给你，还能自己添几块钱的日用要品。从前我还想在饭食里再省，实在不成了。拿身体去拼三四块钱，太不上算了。我又想在买书款子里省，不过将来回国，就是靠了它们混饭吃，也不能。

妹妹，我这以后寄的钱望你尽了用，不必再去省，三个月五十块美金实在不多，我求你千万不要拿千金身子去拼着省几个菜钱！务必，务必！你添过两个孩子以后，身子大大不如以前，加之连年辛苦劳神，更是伤了体气。我上次听你说不常吃荤，三天晚上不曾睡足觉。妹妹，你以后再不立刻改了，那你真是对不起我。这一方面我以后不再多言了，不过你要记着，你要是不听我话，你就是心中对不起我。写写不觉得已经过了两点钟了，现在已经十点，该睡了；说不完的话等梦中说罢。

爱夫，沅　九月八日　第四十一封

将来回家了，讲些好故事给你听

爱妹霓霓：

现在是秋天了，算来快过中秋节了。你吃月饼的时候，多吃一个，作为替我吃的。妹妹，你看好不好？我转过来一想，又自家好笑。因为你接到我这封信的时候，中秋已经过了半个月了。你不是要美国女人的照相看吗？别的我找不到，只有《星期画报》上有些女戏子的，大半是电影明星，现在剪下来寄给你。你要是喜欢要，我以后再剪些寄给你；要是不喜欢，我就不寄了。这些女戏子都是妖妖怪怪，打扮得风骚如同婊子一般，因为她们吃的是这行饭，也不能怪。我这回放假已经过了一半，还有半个月就秋季上课了。秋天念书是舒服之至，你可以不必记挂。昨天来了许多出洋的同学，我不觉想起去年的光景来。如今虽然夫妻分散，至少衣食总不愁了；比起去年在北京、上海那种苦情总算好得多。北京书店的那种气以后也不会再受了。这叫作两头不能合并；从前是甜在心上，苦在手里，现在是苦在心上，甜在手里。将来希望它两样都甜才好。你为我辛苦许多年，我不能设法让你享点福，那真是对不起你了。现在天气已经不会再热，我很指望你稍微买一点腌鱼腊肉寄给我，千万不要多，一样半块钱，总共一块钱的就够了。太多了怕坏，并且也没有地方放去。别的东西千万不要寄。也不要罐头了。只是茶叶，可以寄一罐给我，最好买有现成洋铁盒子的，那样味道一定更好。菊花可以不用寄罢，因为我这种特地留下很多，一定用不完。你寄给我的茶叶都一直是我个人用，只有一次冲过一碗给从前清华四年不曾见面的旧同班喝；他喝完一口，立刻夸赞他自从到美国以来不曾喝过这样好茶。从前我不会自己作饭的时候，也喝过外国人冲的茶，那怎么叫得作茶，也不知他们是煮的，还是怎么弄的，一点香味都没有。他们还在茶里面放糖，又加牛奶，闹到末了，也不知道它成了个什么东西了。还有一样，宽边的大袖口衣在中国是六十年前的老古董，可是如今在美国正在时行，他们学我们那样在袖口胸口裤口都钉起宽花边来，有七寸多宽（在外国是九英寸），做成中国短褂裤那样，叫作睡衣，因为他们睡觉还单另有一种衣裳穿。这是我在报上看见广告，可见十分时行。说着广告，我又想起来了。他们美国广告，越来越离奇。比如卖太太们汗衫的广告，就画一个女人，光了身子，只穿着一件汗衫。妹妹，我已经十二天不曾接到你的信了，我不放心得很；你是害了病吗，还是搬家？我算计那时候你该是收到我七月三号寄给你钱的时候，或者你是因为等钱到再写信，哪知等得很久。不过我总怕是你不舒服，不放心得很。妹妹，你身体千万宝贵，不要伤我的心。你就是不肯替自己打算，也要替我同两个小孩子想想。小沅东东都很好吗？东东雇了奶妈以后，比从前好得多吗？我这些天念念自己高兴念的书，很觉有味。将来回家了，很可以有空时候，讲些好故事给你听。

沅　九月十三日　第四十二封

我知道你对我情深似海

亲亲霓妹：

接八月廿五号信，知道你很想我，我还不是一样想你吗？梦中相会，何如肉贴着肉？妹妹，我们为了谋生，只好等两年再团圆罢。我这有好几天不曾写信给你，是因为唐先生来了，我陪他玩了一礼拜。今早他刚走，我送他上车站以后，刚回来；一看寄信单，有九天不曾给你写信了，想必劳你久等，所以赶快写。将来我们开书店有许多事要托唐先生，如画画等，所以他这次来我要特别招待他。你说要考衡粹，我十分不赞成；家中两个小孩子，那里可以扔开？我实在是不放心。并且你近来一向身子不好，那能再经得起每天八点钟的功课？我决不赞成你再进学堂；如若你已进了，务必立刻退出。我们夫妻这样深的爱情我只希望你好好宝贵身体，养得精神健旺，我就安心了。你常常害病，是因为过于操劳。这封信里说连女佣人都不雇，这怎样成？妹妹，你这样教我怎样放得下一天心去？你务必不要这样，立刻用老妈子，才好。妹妹，你的身子就是我的身子，你就是不肯自家着想，也要为你爱夫沅哥哥想一想。妹妹，你这样操劳，身子一定是会一天坏一天。妹妹，我回国时候，我要向你要一个身子健旺，那时候看你拿什么给我就是。没有健旺身子给我，我决定不依。亲滴滴的妹妹，我知道你对我情深似海，你的身子更要保重。

爱夫，沅　九月廿二日　第四十三封

外国卖绣花事未尝不可以试一试，将来如若可以成功，很可以请唐先生画面寄回长沙绣。你可以定作一尺见方的白缎子绣花。下本钱都总要下一点，要挑全长沙绣得最好的人去绣一只凤凰，外绣寿字花边或是其他样的好看花边也可以。作好后你可以寄给我，看他们要抽多少税，然后我去公司中商议价钱。如若成功，赚他一笔钱立刻回中国去开书店倒再好不过。

我还有八天就上课，我从此要十分顾惜身子，念完功课就不念了，省得一天到晚念书，精神不好，夜里睡不着。我以后只打算每天念七八点钟的书，剩下的时间完全拿来休息。我要打今天起就养身子，好养得精神十分强壮，回家时候让我霓妹妹快活。

明年不知道能不能找到一个好事情做，要是找不到，后年定回家，你不必记挂。你想我，我也想你。我从前想考博士，不过是就大体上讲，应当考个博士才对。

妹妹，我听你话在梦中已经与你相会了。醒来之后，更想你不得了，这怎样是好呢？你说第二次在上海分离，比第一次更来得难忍，我知道这当中是什么缘故，你知道吗？爱妹，你自己可记得眉头动的时候？你自家看不见自家，或者不记得，我却记得很清楚。你不是要搬家吗？怎么又不搬了呢？热天那样热，平常又那样冷静，听到钟钟鼓鼓敲得多么不好听。你务必快搬。你要是不搬，我从此就不再写信回家。你何必进学堂！搬到个热闹些的地方，常同亲戚朋友们多来往来往，时常上上戏院公园，每天订一份报看，多看些快活的小说，这样也多花不了几块钱。我问你，妹妹，是几块钱要紧，还是你千金贵体要紧？我以后也每礼拜去看电影，省得闷坏了身子，回家时候无面目见你。我做饭不比北京、上海，又省事又省钱，你何必担心呢？

世上最亲的便是夫妻儿女

我最爱的霓妹妹：

我身体很好。望千万不要记挂，倒是你自己的体气大大不如以前，务必多多保重，省得我记挂。我听说你头痛得很厉害，四肢无力，这自然是血虚了。怎么会血虚，这自然是你在菜上过于省俭，并且操劳过度。妹妹，我劝你多吃荤菜，多吃补菜，已经劝了多少次；你如其爱我，你一定不忍心不听我话。还有作事上头，我告诉你光用奶妈不够，一定还要有老妈子才成。我在美国做饭，方便得很；那比从前在北京，上海！我如今做饭，简直是同玩耍游戏一样；那像中国做饭，苦死个人。并且你不雇老妈子，亲戚朋友看见，还以为是我待你不好，教你自己做饭做事。妹妹，你要是爱我，你一定不能这样，你一定要立刻雇老妈子才对。还有般若庵地址不好，常常听到木鱼钟鼓，悲惨惨的，你听到自然是加倍伤怀。并且热天那样热，我想到我们在东老胡同那种热的情形，我真是替你同两个小孩子放不下心去。你务必快找房子搬了，省得我一天到晚着急。学堂我是决不让你上了。我觉得你应当常同亲戚朋友来往，多上公园电影院，天气不好的时候就在家打个小牌玩玩。还要订一份报看看。这样多找到些事做

（可不要做苦事），再把心放宽，你那可爱的身体一定就会一天好似一天了。“心宽转少年”，你从前常拿这句话劝我，现在我已经听了你的话，你为什么劝人的人，自己倒不心宽呢？妹妹，以前那封信，我是怕你把自己身子看得太轻，把钱看得太重，所以那样说。至于两个孩子我知道你是很宝贵的。我十分知道，你省钱并不曾在孩子身上省过，你都是在你自己身上省。我们夫妻从前在一块的时候，你就是十分爱惜我，却在你自己身上省。我那封信拿钱说得很不好，正是要你把钱看轻，把自家身子看重。至于古时候人也常说“铜臭”。铜臭，不过是说钱不稀奇，并无别的意思。我信里那样说，也不过劝你把钱看轻就是，并无别意。我本想明年就回家，恐怕办不到，最迟后年决定回家，你千万不要记挂就是。菜同茶叶以后隔两个月寄个一块两块钱的给我就够了。你上邮局时，务必坐车；不然，我吃的时候心也不安。小沅吃得很多饭，东东奶水很足，我听到真说不出的快活。你这样好好待小孩子，我要是再埋怨你，那真是我没有良心了。世上最亲的便是夫妻儿女，我将来回国要让你们过舒服日子，我才快活。我写信时候我最高兴，功课少念点，分数还是一样多，所以我以后还是每礼拜至少一封信寄给你。你写信越写越好，我都每封信都留起，好回家时两口子从头细看。

爱夫，沅　九月廿五日　第四十四封

明年秋天找得到事情做，我就回家；找不到，我就多住一年。要是明年回国，能早日见面，你也快活，我也快活，岂不妙哉。

鱼水重逢还要等两年

赠霓君

我好比长流的那河水，
你便是小鱼安居水中。
水作衣将鱼浑身搂抱，
黑夜到白天一刻不松。

暴雨点有时河上敲打，
虽曾激起过美丽螺纹，
不是有鱼儿靠怀安慰，
怎生能雨后立刻回清？

河水曾流过污泥之上，
曾流过竹阴一片平沙，
泥沙与年月一同落后，
水带了鱼儿到处为家。

鱼儿爱河水前行不止，

河水爱鱼儿掉尾婀娜。
人都埋怨她心中冰冷，
不知她热情皆与小河！

青青蘋藻下正好孵子，
河水的精华好养孩童，
只要女同男孳生不断，
不愁到来日没有蛟龙。

九月廿八日

妹妹，我不能早回去，只好做这首诗送给你。这首诗只有第二节难懂一点。诗中雨点是比的我们当初第一次在上海，后来在北京，又在上海几次当中受的苦。螺纹是比的我做的诗。雨后回清是比的你勤苦操家，渡过难关，教我放下心来。别的都好懂，我不必讲了。鱼水重逢还要等两年，那时见面，可就再也不放松。现在且任你这可爱的鱼儿摇身摆尾去罢。

河水　沅　九月廿八日临睡前　第四十五封

我将来怎样能够报答你呢

霓君爱妹：

接信说好久不曾接到我的信，这想必是为了起初直接寄信到般若庵，后来又托万府上转。房子你早应该搬了。住址是什么地方？我昨天也搬了家，因为原来房子太旧太脏，我过是勉强过了，但是衣裳在外面放了几天就有股臭味。上课时候，别人口里不讲，心里十分讨厌。我也并不怕别人说我，不过中国学生体面总得顾全，我们中国人在外国做生意的已经出名了不干净，我们学生应当竭力改正才对。我上课时候，闻到身上的味道，心中说不出的难受，上一点钟课就等于坐一点钟监牢。我搬来这地方好得多，也是自己做饭。我想每月十五元还是能够照旧寄，请你务必放心。你近来身体怎样？心宽转少年，我不过在外国两年就要回家，比起那般生意人终年在外，隔了多年才能回家，我们实在好得多了。你何必想不开呢！我从前也是见事多想不开，所以常常难受。妹妹，我求你把心放宽罢。你信里说，你连电影都不看了，不说朋友请你，你不去人家见怪，你成天到晚闷在家中，自然就闷出病来，就是不闷出病，也把身子闷坏了。妹妹，我们家境一时虽然不好，将来总该可以好了。所以你替我苦了这多年，我也无法报答你，只望将来让你享点后福。妹妹，要是你自己把身子不顾，我将来怎样能够报答你呢？你现在身子大不如前了，只看照相就可以看出。妹妹，你不替自己想，就替我同两个孩子想一想罢。我们大小三个你不都爱吗？既然爱我们，你就不应该教我们将来伤心。我忍不住要哭了，赶快不写下去罢。快活日子将来多得很，现在何必愁眉苦脸，哈哈，妹妹，你听我笑了。你也笑罢。

爱夫，沅　十月六日　第四十六封

让我妹妹能享一辈子福，子孙不愁衣食

亲爱霓妹：

这学期功课忙，不过极其有趣。德文我念了一样功课，叫“德国短篇小说”。班上我很出风头，我心里实在说不出的高兴；因为这是替我们中国争面子的事情。所以我也说给你听，让你也跟我一同欢喜。我自从搬家以来，身子精神一天好似一天。做菜是在房东房里做，所以我自己住的房子一点气味也没有。我又借到了一把蓝瓷茶壶，一个蓝花茶杯同杯托。茶叶快完了，你能赶快寄一罐给我吗？房东家中有冰箱，可以存放吃物，夏天都一样。因此我便想起腌鱼腊肉来，我很希望每隔两个月你能寄一点给我，十一月，一月，三月寄三次，每次最多寄两块钱的。从五月起，七月，九月这三个月可以寄点藕粉，桂圆等不怕生霉的东西，每次最多一块半钱的。千万不要多寄，既吃不完，又不方便。绣花事我想照下面想出方法去同大店交涉，成功不成功可不敢讲。要是能够成功，发他一笔财我也不反对。我从前看见商务印书馆印的五彩古画，里面是织女八仙等，我就托朋友去留心访得寄给我。你那边可以由长沙湘绣绣得最出名的人绣，一尺见方的金龙蓝缎子片或是五彩凤凰白缎子片，寄给我，单上可以报明

实价，我看它到底抽多少税。然后我把绣花同画本一同拿去大店中商议。要是成功，就照画本绣五彩美人神仙之类。你定作的这片绣花最要紧，可以用我的名字借一笔钱，将来我回国时归还。万一不成功，或是在外国卖去，或是留了将来送如意珠，都好。务必要绣花绣得最好的人，你可以仔细打听打听。好在这不是一天两天的事，慢慢过细最好。要是成功了，让我妹妹能享一辈子福，子孙不愁衣食，那是多好！

爱夫，沅　十月十三日　第四十七封

你那一片热辣辣的心都一层层翻给我看了

亲爱霓姊：

你九月十一日的信写得真好。你在管家时候，样样想到周到，那时候你真是姐姐；等到我抱你在胸怀，那时候你又是妹妹了。我有时喜欢开开玩笑，你看破了，落得夫妻一对同时开一开口，这最有趣了。你自己很谦虚，这固然是好处，不过把自己的诗比做狗屁，这未免说得太重了。以后千万不要这样。妹妹——叫顺口了，错了，应该叫姐姐才是——你要知道，夫妻百事和谐最好，和谐并不是奴性服从，也不是男尊女卑，现在这种世界，是平权世界，丈夫有什么事做错了，妻子好意相劝；妻子有什么地方不曾看到，丈夫好意提醒。这叫作真平等。妹妹，姐姐，你不要把自己看得比我低。固然，男人外闯四方，有些事情女人赶不上，但是为妻的内主家务，丈夫也要低头。尤其像你待我心地慈爱，屡次含辛吃苦，更令我五体投地，又敬又爱，一片心都被你吸去了。你寄来各诗，真亏你了，尤其当中一片似海深情，更叫我说不出那么感动。小姐姐，你爱我想我，我喜欢都喜欢不尽，怎么反会怪你。我是决不敢埋怨你的。爱姊，你近来信是越写越好，你那一片热辣辣的心都一层层翻给我看了。枕边的知心话也不如你这些信，因为枕上是夫妻恩爱时候，没有多余工夫来谈心。你寄来各封信我都好好藏起，将来带回国去，仔细温书。我今晚又拿起北京照相细看，那时候真像我们第二次结婚，想起旅馆中再见那种情景，晚上陪你看电影，你肚子痛起来，那种前前后后，末了回去一夜恩情，我真是到老也忘记不了。我在外国每天吃荤菜鸡蛋，要是你在家中吃苦，我梦中魂魄也不安宁。姐姐，好姐姐，听我话罢。我做饭连吃饭，每天只用一点半钟，就等于不做事，你不必空记挂了。我现在自已顾惜身子，不高兴就少念点书，所谓"留得青山在，哪怕没柴烧"。小沅同东东你可以常常领他们上公园去呼吸新鲜空气。小孩子要多玩，要活泼；小孩子并不怕顽皮，小时候本是应该顽皮的时候。小沅用不着识字太早，我以前说的认字，作罢了罢。小东身体大概不十分好，所以性躁，以后我们要设法叫她一天身子好似一天。这一对小孩子，说来惭愧，都放在你一人肩头。霓君，我应当怎样报答你才对哟？任我怎样报答，我也是报答不尽你这一片深情苦心。老妈子一定要请，这我早已说过，这于你面子上，于我面子上都大有关系，务必要听我。我三年一定回家，这是决不会错的，请你千千万万放下心。我第一次寄给你芝加哥大学风景，不曾注明，以后寄的芝加哥全城风景，就注明了。以后我再想法买各种稀奇古怪东西寄给你，好教你心里快活。我近来因为又留起头发来，免得一到学堂，人家就笑，总还要等一两个月才能全留好，留好之后决定照相寄回以慰相思。为了头发的缘故，耽搁很久，这要求你饶恕。只望将来能隔每三个月就照一次照相寄给你，好让你常常看见春夏秋冬我的照相。再提到丫头同妾，我将来是决不要的。我为什么要在家中安上一些眼中钉，教你看到伤心。你待我如此好，我为什么要讨妾买丫头，教你成天到晚看到就心酸？那种活磨的罪我决不会教你受，求你千千万万放心。

爱夫，沅沅　十月十七晚　第四十八封

搬家时候你可以写信告诉邮政局，说由某街某号搬到了某街某号，请他们直接转信转到新住的房子。我到芝加哥以后搬过四次家，都是这种办法。一封信也不曾遗失。本来邮政发达，掉信事情决不会有。有一个笑话，二十年以前美国有人寄信给远房亲戚，转来转去，一直到二十年以后，那明信片仍旧转到了。这是前一个月在报上看见的，你说有趣不？

再把一番知心话细细在枕边说罢

最亲爱小妹妹：

接九月十六信，知道你望我的信。我查了一查寄单，照算八月十三我寄的校景与芝加哥全城景两份，十八号寄第三十六封信给你，离第三十五封隔了八天，难怪你记念了。那时候天气还热，我所以迟了一两天才寄信，累你久等，我以后决不这样就是。九月放假，我一共写了六封信给你，平均五天一封，这总该可以把以前小过错补上了罢。妹妹，你这样急，我不单不怪，并且十分高兴。因为由此可见你对我的爱情是多么浓热。你因为急，就忘记了一件事。什么事呢？就是你这封信是九月十六写的，你这封信却埋怨我九月放假不多写信给你。小妹小妹，我笑着要反问一句，你又不是神仙，在九月里面你怎么能够知道我九月里不曾多写信给你呢？这都是因为急着要看信，把日子都忘记了。一个人在性急时候常会手忙脚乱。我不觉又想起我们夫妇同床时候，到了最快活那一阵子，你真是手忙脚乱，不知怎样才好。妹妹，你还记得我当时朝你开玩笑吗？你还说是不该让我看见。小妹小妹，你哪知道，那才真是真的你对着真的我。我从那天以后，对你又加了一番痴心了。那时候你的一朵心花完全对我开放，我们的肉体连成了一片，两颗心也融成一个了。你近来很能看开，不伤身体，我听得真正说不出的开心，这可见你现在很能听我。照相一事我久已放在心中，只因当初大不该在夏天剪去头发，如今又要留长，总还要等一两个月才能复原。还得累你多等一下，这叫作无可奈何。以后我常常照相给你就是。小沅小东一切我极其爱听，以后望多多告诉我。像如今这样过，也快得很；三年回家，再把一番知心话细细在枕边说罢。

爱夫，沅哥哥　二月廿二日　第四十九封

我一接到你信就回呢

最亲滴滴的小姐姐：

我今天打听到绣花抽税办法是值一块抽税七角五分，你等那块绣花人家交给你以后，可以开明实价寄来，看他们到底要抽多少税。罗先生明年夏天来美国，自然可以托他跟同学大家分了带一些绣花来。这样是不要抽税的。我想不如赶紧雇人绣，最大的两尺长一尺宽，最小的半尺宽一尺长，顶多不要过十块，十块都要大小不同，好明年阴历八月初罗先生来时候可以带来。一切行李就是美国上岸时候要查一下。十块分十个人带着，一定是查不出的，就是查出一两个人，也可以说是只带了一块，来美国送人。不过这是暂时办法，只能一年，因为罗先生下面就没有清华学生出洋了。这些绣花里面可以绣中国美人观音（可千万不要绣小脚）凤凰、莲花等等，我一时也想不出多少，你估量着办就是，也可以加一两张好的新绣。你还可以托罗先生在北京东交民巷外国照相馆里买几张五色的北京风景，如颐和园、天坛等，拿给人绣。我因为不方便为这种事写信给罗先生，由你写罢。罗先生我看他好像小弟弟一样，托他我想他一定肯帮忙。总之绣花针线，越细越好，颜色越新鲜越好。你可以用我的名字借一笔钱作这生意，能够成功最好；万一不能，归我将来还钱就是。如若生意顺遂，将来还可以贩瓷器等。望你打听一件事告诉我就是。小件的绣花，五寸宽五寸长，不知要多少钱一块。现在就暂且停笔，因为要念书了；望你收到这封信时候立刻回信说某月某日第几封信收到了，我自然会知道是收到这封信，因为我记的有账，那天发那封信我都登在账目上面，一查便知。你上一封信要我接到你信就回信，我好笑起来。我的亲妹妹，我何尝不是一接到你信就回呢？有时没有接信，我都常写信的。

沅哥哥　爱夫　十月廿五日　第五十封

我们这一对夫妻配得这样好

最痴心的爱妹妹：

第卅七封是八月廿三发的，你不曾收到，想必是路上掉了。叫叫子画片你很喜欢，我听到真快活。一点不曾弄坏，我更是喜欢。你九月廿六这封信写得真好，看到这三首诗我眼泪简直在眼眶里团团转。妹妹，我这一年来哭得也有了。男子汉不应该哭，男子汉应当忍住眼泪，想法来顾家。绣花事我也不敢讲。唯一靠得住的就是作文。把中国小说翻成英文，我上信已经同你说过。这件事下个一年苦工，一定做得成。将来回国，也还接着做下去。我希望你把那本《今古奇观》寄给我好立刻就翻。如已掉落，商务印书馆中可以拿一块多钱买到。我以后写信直接寄到菜根香就是。不过靠近城门，只有天下不太平时危险。如今中国太平了，想必没有关系。无论如何，你常同亲戚朋友来来往往，满意灵通。万一有事，你也可以早日躲开，那我就放心了。我最不放心的便是你身子过弱，你自己又不肯保养。人好比火炉，菜好比是柴，你不加柴，怎么烧得热火炉？身子一虚，自然就心弱胆小。妹妹，我一年来过得实在哭多笑少。但自从肺弱一来，我大大看透，一个人忧郁是最伤心伤身的。我留得一个好好身子回家去，那是几十年的后福。我这样自愁自苦，要是成了真正肺痨，那简直一生都无望了。所以这两礼拜以来常常出去走，也看了几次电影，熟人处也多多来往。痰里已不见血了。只有昨天肺上疼了一下，我当时就放下书来。今天完全好了。妹妹，我劝你少焦点心。你这几月望你设法借一百块钱过去。我如今实在不放心，我最怕你只顾省钱。这几个月，我没有钱寄回家，你就更省。妹妹，你这样省俭，我实在不放心。省俭本来好，不过拼了身子不顾它多么苦，也不吃菜，也不出去玩了，这样未免是太自苦了。固然我这几个月不能寄钱，无钱给你去吃菜游戏，不过我竭力主张你借钱，把这几个月过去。以后每月除去我寄的廿块中国钱以外，你每月至少借廿块。我想母子女三人一月四十块钱实在是不能再少了。我两年回国，也一共没有多少，我那翻译的小说在回国时候很可以先支一笔钱。妹妹，妹妹，我这两年之内更无别想，我只一心一意来翻译小说。“天下无难事，只怕有心人。”我又十分盼望你过得好，过得欢天喜地，省得记挂。你近来文章作得一天好似一天，近来这三首诗不单情思动人，简直作得好极。我这是说的老实话，并不是假恭维。由此看来，你心眼实在聪明，无论什么事，只要你肯用心去作，你都作得很好。我们这一对夫妻配得这样好，所以儿女生下来都是极其聪明。将来回国我不要多教书，一礼拜顶多教四点钟书，余下时间拿来翻译中文作英文，再教儿子女儿。我们一对夫妻有谈有笑有玩耍有热闹。衣服当中的相我收到了，我当时回信说你不穿高跟鞋实在听我说话，我说不出的高兴，那封信你收到了吗？以后我时常替你留心，有什么有趣的东西，我立刻买给你就是。还有一次我信中寄了一些外国女戏子照相，这封信你收到没有。罐头等等并不曾抽税。衣裳抽了七角美金的税。我恐怕又要搬家。以后信件，信封用完之后，可以寄芝加哥大学转交（另纸抄出芝加哥大学地址）。一切食品也由芝加哥大学转交。我上一封信是同你开了一个玩笑，作为请帖写的，里面不曾写明是第五十三封，不过单子上注明了，这封信里特别告诉你，省得你记挂。

爱夫，沅哥哥　十一月十日　第五十四封

第三章

我这世上的亲人除了你同小沅小东还有谁

朱湘的信充斥着浓浓的柴米油盐的味道，他在信里跟妻子拉家常，夫妻虽然远离，但频繁的通信让他们熟知对方的一切。

他反复叮嘱妻子要爱惜身体，不要太过操劳。感谢妻子替他抚养一双儿女，强调与其生很多孩子不如集中物质和精力养好已经生下来的两个孩子。他特意叮嘱妻子："小沅小东我都一样看待，打破古代重男轻女的旧思想。"在信里，他让妻子给他寄中式衣服，寄他喜欢的食物；他也给妻子儿女买了新式的东西，一样样寄回家去。

这些书信成为朱湘与刘霓君亲密而又有点苦涩的情感生活的重要见证。其实，这些信除了称谓略显亲热，并没有多少甜言蜜语，卿卿我我，有的只是日常生活的关照叮咛，夫妻间的体贴呵护，至今读来仍使人倍感温暖和亲切。

大丈夫不该流泪，应该打起精神来做一番事业，荣耀门庭

亲亲霓爱：

接十月七日信。罗先生皑岚是我的好朋友，以前我也常常同你提起过。我从前向你说过有一位朋友的太太想在长沙进学堂，要托你帮忙，那就是这个罗胖子先生。他同罗瘦子先生（就是懋德）我劝他们明年都到这里芝加哥大学念书，他的小说等印，要封面，你寄给他了，我听到很放心。这是他头一本书，他急着想印出来看，幸亏你早把封面寄去，不然，我们耽搁他不能印书，那真对不起他了。你做事很合道理，哪用向我告饶？妹妹，你上一封信挂号寄来三首五言绝句，我上信已经说到；我当时看了，又惊又喜，惊的是你作诗进步真快，一日千里也不过这样，喜的是你一片深情都流露在诗句之中，我看完之后，说不出的爱敬。第一首是中秋节时候，你看到家家热闹，吃月饼吃藕吃菱角，就是你一人独自徘徊。没有亲子沅一同吃月饼吃藕吃菱角。我看到第二句“桂花满园开”，不觉一片魂灵飞去了你的身边。我自到外国以来，不曾闻过桂花香。亲妹亲妹，我回国时候一定要等过中秋那天掐许多桂花洒在你头发里面，抱着你尽闻；一面是闻

的你肉香，一面是闻的桂花香。过年过节时候实在想家。古人说得好“每逢佳节倍思亲”，亲就是亲人。妹妹，我这世上的亲人除了你同小沅小东还有谁？第二首说月有团圆，人要到何时团圆呢？这首诗，作得很好。要是当初你同我都是长沙盐道衙门里念书，你这首诗给郑老师看见了，他一定会十分夸奖的。三首诗我都喜欢，最喜欢的要算末了一首。妹妹，你这样深情对我，我当时看了，忍不住眼泪要淌下来。我反过来一想，大丈夫不该流泪，应该打起精神来做一番事业，荣耀门庭，让你同儿女面上光荣才对。所以我决定了明年起翻中国小说。我这半年很想找点工作，如洗碗之类很省事省力，不知结果如何。以后告诉你。你不搬家了也好，但是我上封信说的一层你千万记着，就是要消息灵通。万一发生意外，靠城一带最危险；你消息灵通时候，可以早早躲开。你打算进学堂我也赞成，总要两个孩子托付得人才成。你进学堂以后，可以常常活泼一点，教身子一天强似一天，精神一天旺似一天，那我就放心了。如今我最担心的就是你身子过弱，我想，进学堂以后一定好些。不过你千万不要用功过度，那就反来教我更不放心了。进学堂你第一样就是注重体育，把精神练起。功课我看并没有什么要紧，你千万不要为了一点点分数把精神弄坏了，那我是决不依你的。

爱夫，沅　十一月十八日　第五十五封

附寄《星期画报》中剪下的许多照相：一母子照相，是照相馆登的广告。二大学女学生打枪头名。三德国童子大力士。四女子坐飞机在美国已经不稀奇了。前两个月有美国女子驾飞机渡过大西洋。美国如今飞机可以送信，下次我就买飞机送信邮票寄信给你，在美国这一截路都是用的飞机。五汗衣广告。六跳舞女戏子。七美国书房陈设。八女戏子卧室有床同梳妆台。九小戏子。

我这一生就只要你一个妻

最亲滴滴的霓妹妹：

接十月廿日信，知款卅圆收到。稚庄已经搬了家，我以为写信自然是直寄菜根香。从第四十三封一直到五十三四封我都是托化龙池转交的，想必不至失落。你害了病，我看到这封信，不觉眼泪尽在眼眶子里又酸又热，不是用力忍住，又要好多天不能念书了。妹妹，我走了这么远，累得你相思多病，实在是我对不起你。最亲爱的妹妹，从此以后，我求你多吃补药，多到外面玩玩。你尽管借钱，我将来归还是很容易的。彭先生前两天来信，说他在武昌二百块钱一月，他在法国并不曾毕业，都能找到这个书教，我回国时也一定可以。因为现在中国不比从前的中国了，从前难找事做，现在却容易了。爱妹爱妹，我又看你信中说的许多伤心话，眼泪要忍也忍不住了。爱妹爱妹，你为我吃了许多年的苦，将来有福享时都是该你一个人享的。小沅小东是你的血肉，他们享福自然也就是你享福，此外别人莫想沾光。二嫂同好朋友帮过忙的，我自然应当报答。我意思是说万一有个三长两短，你分内该享的福我决不忍心让别人享。我以前说万一有不幸时我决不另娶妻就是这个意思。霓君我爱，你是我的妻，我这一生就只要你一个妻。岳父在天，我朱湘此生只有令爱为妻，如有再娶之意，任凭怎么诛罚就是。爱妹，我近来越想越觉得你胜过他人。别的一切你自己知道比别人（中缺）教你相信我将来一定能有力量还人家的债了。如今我是留学生了，和以前两样，所以儿女我们尽可不必愁他们没饭吃。现在最要紧的就是夫妻两个把身体养得一天好似一天，好将来同享后福。你这次害病要吃补药，你以前不吃，是爱惜钱；后来吃了，是爱惜身子。爱妹，爱妹，身子是无价之宝，我爱妹的身子就是我子沅的；将来回家时你要是给我一个害病虚弱的身子，我是决不依的。那时候我这厉害的债主向你追一个唇红面白，四肢饱满的霓君，那时候你就是求一万个饶我也不答应，那时候看你怎样。爱妹爱妹，你如今就是省到天上去，一个月也不过能省几块钱。试问我这两年过了，回家时候每月进项是几百块，那时候要这几块钱有什么用？刚才写到个“有”字，听外面铃响，原来是邮差送你寄来的六个罐头，那时已经十二点了。我连忙写下去，写错了两个字，我就停下。因为有两罐玉堂香菜，我所以先打开一个。我今天吃的酱煮的面，里面加肉，另吃玉堂香菜做小菜，真鲜。我记得以前吃玉堂香菜没有这么鲜，大约是当初身子不好，口味没有；现在身体好了，有口味了。六个罐头个个好，我自然说不出的喜欢，不过又花了你母子三人的钱，真像割下我自己一块肉一样。吃饭时想起，我为何不每月在饭钱里省下一点，每三个月寄四十美金，由你每两个月寄一次中国菜给我，夏天寄罐头，冬天寄别的？我当初也想这样，不过后来怕你上街麻烦，所以我就停下。从今起我先要你答应我一件事：就是你不要自己去邮局，可以叫人去

（你自己去也可以，不过一定要坐车），那我就肯让你寄吃品给我。我决定阳历二月初想法寄卅美金给你，你可以买二块半美金的东西寄给我。以后每三个月我寄四十美金。你可以每两个月寄两块半美金的食品给我。寄可以寄到芝加哥大学（通信处另纸抄出）。要是寄冬天的菜方便，以后很可以多拿些钱寄回，由你寄菜，既省钱又好吃。我是从前听说你上街不坐车，把我吓怕了。只要你答应我你上街一定坐车，那我就肯由你寄。因为你不坐车寄东西，我吃了会不舒服。就是你哄我说坐了车，我吃了也一样不舒服。以后热天寄罐头可以寄泰丰各种罐头，我从前在上海青年会吃过些，很好。你以后买时可以照我打过圈子的里面选买。在长沙买泰丰罐头不知方便否？我寄的单子是泰丰的。只要你肯坐车，一个月寄我一回也成。我自然要多寄钱。因为我每天菜钱美金三角，要是上馆子吃饭每顿至少三角五或者四角。牛奶每八分一天，面包牛油每天至少一角。那三角菜钱要是买一个罐头是多么好。自然不能天天吃罐头，不过三天吃一天罐头，再多吃水果，消毒，是极其安稳的。并且天气冷的时候，你还可以寄别的东西。要是闹得好，我将来简直可以每月寄五块美金的菜钱回家，你可以寄五块中国钱的菜给我。这次邮费多，大半是因为木板太厚，将来寄罐头很可以用布包起缝上寄来。妹妹，你这次寄的罐头个个都好，不过玉堂香菜同什锦素菜请你以后不要寄了，因为不能当正菜下饭，只能做小菜吃的好玩。味道是好，不过拿来吃着玩，未免太不上算。菌油我可以打汤吃，又可以做面，菌子可以煮肉做菜，笋子可以清吃，可以做菜，一定能用不少天。你以后可以替我在商务或别个书店买一本讲烹调做菜的书，我很想学会作菜，想法进一外国饭馆，在礼拜六同礼拜天去替他们作点中国菜。要是能够成功，一个月总可以赚二三十块中国钱。不单作菜，也要学作饺子、包子、甜汤，各种点心，凡是吃的东西都作。你也可以向朋友当中会做菜的打听各种秘诀告诉我。我想学会之后，每月进项卅块中国钱一定很容易。在外面闯闯，我可以心思活动一点，不至于像从前那样死板。我如今不能多寄钱给你，我实在不放心，所以我千方百计要想找事做。不过美国人最看重外表，我如今还是太老实，像这样去找事一定是找不到，并且还要上当。美国事情是多，不过一个人不机灵，决找不到事作。天下无难事，只要肯慢慢的学，什么事学不了？妹妹，下次再说罢。这一封信总有两三千字，我上午十一点写到十二点，下午一点写到四点，因为写得有趣，一直下去，都忘记停了。明天上课，今天还要预备许多功课，现在四点一刻，是洗澡的时刻了。又想起一件事，我从前报上看到一种广告，出卖一种叫“科帖克司”的东西，我不知它是什么东西；这次看一种杂志晓得原来就是月经纸，书上说得天花乱坠想必还不错，等下个月一定买给你。何时进校，早两个半月告诉我，信寄那里。

采云爱夫，沅　十一月十九日　第五十六封

真像老夫老妻重逢一般

霓妹乖乖：

我中午吃你寄来的鲜菌，真是说不出的快活。不单外国这一年半，就是清华住的那六年，我也不曾尝过这真菌子。还是许多许多年前，我才十几岁时候，我吃过这种菌子；自此以后，好像出门人久不回乡一样，只约略记得家乡一个影子，可不清楚了。我也只仿佛记得鲜菌子的味道，要我仔细说也说不清楚。如今远在他乡，居然尝到鲜菌子，真像老夫老妻重逢一般。芝加哥这两天有点冷了，昨天稍下小雪，不过当时就化了。我从前向你讲过，在外国冬天并不怕冷，因为汽炉真暖，有时简直热得我出汗，所以你千万不要记挂。《今古奇观》可以赶快寄来，我好立刻动手翻译。我这就托两个罗先生替我买一本《汉英字典》，好用。

十一月廿二日

今天我用玉堂香菜炒蛋，味道真好。菌子不知什么缘故，一点味也没有了。大半是罐头公司拿汤泌去了。要不然就是我不会作菜走了味，将来我要拿玉堂香菜炒肉吃，也可以打蛋汤。我以前接罗胖子先生来信，他说他的小说得到熟人介绍，卖给了一个书店：我不觉心中一动，又想译本小说托他卖出，把钱寄给你。我现在已经动手译一本法国小说，有五万字，三个月可以完事，半年总可以拿到钱，这就是说阳历五月你总可以收到一百五十块中国钱。我月费中自然还是照省，免得万一书卖不出去，又要累你受苦。我书也译，月费也省，菜也慢慢学着作。我想多几条路，总有一条走通的。我自然要留心身子，看着作，不会拼命就是，望你千万放心。你进学堂我很赞成，不过小沅小东总要先想法妥妥安置好才行。你在学校，也要看力量作，千万不要拼命，这是最重要的。我本意让你入学，是想你病少些，把体子养得像初嫁到我朱家时候一样。望你千万不要用功。我写到这里，不觉想起你在北京时候拿涵德成绩给我看，那时候你真像一个小妹妹，给成绩大哥哥看，又像一个小姑娘给成绩父母看，我真觉得十分有趣。

廿三日

今天廿五，我拿你寄来的笋子加上肉块，月酱油红炖，真正好吃，简直说不出来，我自己也想不到我能作得这样好。将来回家，我一定下厨房作一顿给你尝尝，看我本领如何。这菜可以吃两天还有余，肉是四角美金，你寄给油焖笋算他两角美金，刚好合上每天美金三角菜钱。吃得真舒服。想起从前每天两顿饭八角美金在馆子里吃，又贵又不好，远不如现在。上次信中说的我想进外国馆子去做中国菜，我决定进行，望你快快帮忙。明年秋天我同两位罗先生去纽约，那里听说找事情很容易。你可以一面买书，一面替我打听：（一）做粥有几种做法（甜咸），（二）腌酸菜，（三）做点心（甜咸），（四）作甜汤，（五）作菜作汤。我看阳历明年二三月总可以去作事了。

廿五日

我这本小说大概明年阳历正月底可以翻完，寄去上海卖，或者可以三月底拿钱一百五十块，我教他们一直寄给你。那锅肉吃了两天还不曾吃完，明天要拿剩的煮面吃。芝加哥一个熟人也没有，实在过得不舒服。明年两个罗先生来了，谈谈笑笑，总可以过得快活些。

爱夫，沅哥哥　十一月廿六日　第五十七封

小孩子要活泼，不可像木头人

亲滴滴的小妹妹呀：

我如今自己作菜，吃得很舒服。比方昨天，我买了猪肉扁豆，回家用中国街上买的酱油红炖，我用文火炖了两三点钟，吃起来肉都烂了。我本想买栗子炖肉的，不过剥皮麻烦，我就没有买。我这几天又想到两个小孩子身上。记得我小时候：娘过去很早，爸爸也在我十岁上去世了。到南京之后，大哥他自己还管不了，那能靠他来管我，到北京后，三哥东奔西跑的找事，也很少见面。我现在这一点成绩都是我一个人独闯出来的。我相信我小时候要是有父母或哥哥教领，一定身子能比现在好，学问也比现在好。我想到自己，所以就想到小沅小东。如今世界改了，男女平权。所以小东将来做事，也要同小沅一样。如今外国有女议员，我们中国也有了女县知事。外国中学教员，一半是女人，小学教员差不多全是女人。店里伙计，各种书记，十个里有七个是女人。俄国现在都有女人开火车，当警察。所以小沅小东我都一样看待，打破古代重男轻女的旧思想。小孩子的时候，身体最要紧。早睡要紧。小孩子并不要早起，到十七八岁时候才要早起。多见太阳。呼吸新鲜空气。吃饭时候菜要好，不吃零嘴，可要多吃好水果。多吃菜，少吃饭。常常吃面食。菜里面肉、蛋、豆子、豆腐各种素菜面筋都好。不要吃辣子。水果是橘子、柑子、苹果、梨几种最好。吃苹果同梨要用水洗干净，再用消毒药水加的水洗第二过，然后用干净专门剥水果不做别用的刀子削了皮吃。每天中上吃完饭以后可以吃点糕饼，这可以开胃，不比吃零嘴。早上有时可以吃糖粥。面比饭补，你千万记着。小孩子要活泼，多多玩耍，多多游戏，宁可调皮一点，不可像木头人。这些话不单孩子应该做，就是你也应该照行。你近来常常害病一定是因为吃物过差，不多游戏之故。好强的女子常常短命。从前娘不也是好强？爱妹爱妹，求你多听我一句话，将来夫妻儿女都要沾光。一个人总要吃得好，调养得好，讲究卫生，才能多作事，不然是要伤身子的。我近来最看重身子，不必念的书我都不念，省得伤身子。唉，这都因为小时不曾操练身子，所以如今身子不好，不能多作事。

爱夫，沅哥哥　十二月三日　第五十九封

这封信上有张邮票是航空邮票，就是从芝加哥到旧金山是用飞机送信；送到旧金山，信就上船直到上海，可以快两三天。

另寄一画是各国选的美人来美国比赛。从右到左：（一）英国，（二）西班牙，（三）波兰，（四）法国，（五）俄国，（六）英国，（七）法国。

越过久了，我越觉得你好

亲滴滴的小妹妹：

我前天搬了家，这房子很便宜，连做饭用汽油每月只十八块钱，房子下层是生火房，现在冬天很好，到了夏天再说。房子不算好，不过我可以常到图书馆去念书，少在家中就是。阳历二月准可寄卅美金给你。以后还是每三个月寄美金四十五块，因为寄得太少实在不好意思。在中国是本国倒不要紧，美国是外国，到底不同。我这次搬家受了凉，发烧了一天一夜，赶紧请医生看了，并且缺课一礼拜，完全好了。以后决不会再这样，你务必放心。这次害病，新房东太太帮我取药倒水，发信买东西，很帮了不少忙。这房东太太大约四十岁光景，有四个孩子。我答应送她一点中国东西谢谢，不知你的意思送她什么最好。我看买一块中国钱的小绣花就很好了。这可以托罗先生带来。我这几天因为害病想东西吃，我口里带一股肝味，我就想起猪肝来。在中国猪肝可以用木耳煮汤，也可以用酱油红烧，中国菜实在说不出的好，起初还不知道；如今到外国来了，才知道。妹妹，你也同中国菜一样，起初我还不晓得，现在越过久了，我越觉得你好。冬天白菜，心子最好吃。爱妹我们如今也十分吃心了。我三年准可回家。那时候再看要不要考博士；要是想考，再回美国来考。我又想第二次来美国时和你同来，不知你的意思怎样。只要把英文操练好，能讲话，能写信，就成了。以后我怕有时要来外国教书。不过两个小孩子留在中国也不好。这且等回家见面时再仔细商量了。我上面劝你多吃面食，少吃饭，这是很要紧的。面筋可以常吃。你同小沅小东三爱最好每早上吃豆腐脑。豆腐皮炒菜或是氽汤是一样补菜。豆浆也好；如若白的吃不惯，可以加糖。我如今照常能寄那多钱给你，我心才放下。我心里不焦，念书等等才有味。这几个月，你不知道，我真是天天像坐在针毡子上一样，坐也不安，睡也不安。如今钱既然能够照常寄，我想又不让你进学堂了。分拆开母亲儿女，我实在不忍心，我看你还是带了小沅小东在家过活罢。不过方便的时候，可以多带他们，等春天到公园多呼吸新鲜空气。你自己可以常邀朋友去看电影，并多多邀他们到家谈笑游戏。你无事时候同朋友，自然要最好的朋友，打个小牌，我也赞成；输赢不大，借此散散心，是很好的。我就是怕你闷着闷出病来。现在冬天又到了，前一礼拜河上已经结了冰。再一礼拜就考了，考完有一礼拜假，那时候一定能写信说些最有趣的话。我查了一查，阳历十一月廿八日我接到你第四十八封，到今天又是十二三天了，还不曾接到你下一封信，不知是搬家当中掉了，还是你又害了病，我真不放心。我因此想到这其间十月，十一月，十二月，我不能寄钱给你，累你焦心，我真是坐立不安，不是为做这两套衣裳，何至于此？衣裳不作，上课时候我又像坐针板。现在做了衣裳，又想到你无钱焦心。我真是苦透了。左也不是，右也不是。

爱夫，沅哥哥　十二月十一日　第六十封

我们一对夫妻，依旧相依为命

亲爱霓姐：

接十一月五日信，知道第四十四封信你不曾收到，我查单子这信是九月廿五寄的，想必路上掉了。我害伤风久已好了，望千万不要挂记，这是近来美国的时症，我害的很轻，所以不到多时就好了。我那首诗中讲风雨点是指的无法谋生，你去长沙，我去北京。河水流过污泥，是指的我们过的苦日子；河水流过中沙，是指的我们过的好日子。你信中错会了我的意。我那第三段大意是说我们一对夫妻好日子也过得有，苦日子更过得多，但是好日子也罢，苦日子也罢，它们都过去了，剩下我们一对夫妻来，依旧相依为命，誓不分离，将来无论日子好苦，总要到处成双。妹妹，我由这封信看来，可见你疑心病还是很重。相思病已经难医，再加上疑心病，这叫我怎么不担心？我写信回家，平均每六天就有一封，你为什么还埋怨我呢？我哪有什么“别故”不能与你通信。你对我这么好，我能忍心不与你通信吗？总而言之，你还是疑心太重，惹得自己苦恼。我深知你这个脾气，所以遇到这个时候，我并不同你生气，我只当是小妹妹撒娇，在地上滚了哭了一场。不过疑心病重，自己吃苦。你何必自寻烦恼呢？

一个人一天到晚闷在家中，常常会思想过度，所以从前信里面，我劝你多多玩耍，就是这个意思。爱妹，你记得不记得有一天在北京旅馆中，我们夫妻谈谈心话；你提到在长沙时候，怕我在北京这样，在北京那样，日夜不安。其实呢，我在北京一点也不曾做什么，当时我就劝你少疑心点，省得自己苦恼；你当刻觉得我说的很对。不过你说在长沙一人闷在家中思前想后，有时想得头痛，我就说这是因为一人闷住的缘故。我在清华的时候也常会这样，你当时真是一个小乖乖，你听我说得在理，你就答应了以后决定要改这毛病，每天少想点，多活泼点。妹妹，你要是真肯依从我，你就应该从今天起多多出门，到游戏地方如看电影等，一个人每天多笑三声，到老来可以多享五年寿，这是真的。我这次搬房子是图便宜。外国搬家容易，不比在中国零零碎碎真麻烦。我做饭还是在房东的厨房里，不是在自己房里，所以这每月房租十八块实在算是很便宜了。美国如今真富，连工人家里都有留声机台子，同无线电架筒，地毯不论料子高下，每家都有。客厅里面总是一对弹簧靠椅，一架安乐椅。所以我虽然住的是最便宜的房子，并不苦，你务必放心。就是一样，阳光不够，白天也要开电灯。便宜房子不能样样都全。我最快活之事就是从此每月能照常省钱寄回家，你既然省得心焦，我也不必像上三个月那样一天到晚好像坐在针毡之上。从下月起我打算每个月买些零碎有趣的东西寄给你同小沅小东。今天起学校因时症流行，提前放假，是阳历正月二日才上课。假期中一定多写信。搬家不搬，你自己尽管作主。

爱夫，沅弟弟　十二月十四晚　第六十一封

夫妻最要彼此相信，就可以免得多少苦恼

亲爱的霓妹：

桂圆一切收到。藕粉因为邮局打开，茶叶筒也被他们打破，所以藕粉一齐撒进茶叶里了。不要紧，茶叶还是照常一样可以用得。美国邮局查得厉害，以后我要你寄东西时候，你每样东西总要有法子教他们打开才成；不然，他们像这次一样把茶叶筒刺破，你也奈何他不得。以后藕粉等是不能寄了，我上了这次当，也学了一次乖。茶叶要买现成装了筒的，可以抽开盖子检查，筒上要是没有英文字，可以写上英文里面是什么，要怎样打开好检查。许多东西之中桂圆最好，别的都沾了藕粉，荔枝也破了，上面满是粉。好在藕粉不要紧，各样东西都能照常一样吃。这次我不能寄钱回家，反来要你寄东西，其实我本意是要我以后钱寄到家时才想你寄东西的。妹妹，我知道你急忙。寄来是怕我见怪。家中情形，我岂有不知道的；我怎忍心见怪你？以后我说的话你看着办好了，不必我说一句，你就听一句。这次你借钱寄东西给我，我实在十分后悔。还有搬家一事我说不写信，那并非认真。自从那时起我还是照常五六天写一封信，可以证明。我是听说你家中太闷，才主张你搬家；既然麻烦，不搬好了。为这件事情，

闹得你吃了多少苦，还在雨天跌了跤，又同房东生闲气，我实在难受。不过，妹妹，你也要知道我是一片好心，我是怕你闷出病来。我这三个月不能寄钱，也是不得已，没有衣裳，怎么去上课；教外国人看我作叫花子，这不是丢中国的人吗？阳历二月初头月费到时准可以寄卅美金。以后还是每两个月寄卅。你怕我恨你，这是哪有的事！我怎忍心恨我的爱妻孤苦伶仃？这次为了搬家一事闹得你东苦西辛，我真不知多么难过。我以前早写过信教你不必搬了，不知那封信什么时候可以到，好让我放心。我大约算算，现在你也该早收到了，心中稍微放宽一点。我再把这件事情细想一下，觉得夫妻最要彼此相信，就可以免得多少苦恼。譬如说，我讲不写信给你，这是决不会的，我意思不过是因为听你说菜根香靠近尼庵，听来凄惨，怕你因此悲伤生出病来。我原来是一番好意，不料因此闹出许多风波来。你说明年想进学堂，我也赞成。武宁我是决不让你回去。不过进学堂，总要先把小沅小东寄给妥当一点不误的地方，并且要同学堂先交涉好，你能常常去看孩子们。好好一个家又要拆开，不过也教无法。只望回家时候多教你享点福补足补足。两个孩子寄到别处时候，千万告诉他们，小孩子最要紧的是活泼，就是调皮一点都不要紧，最怕养成一个木瓜。我小时候因为父母过去太早，无人看管，不曾充分玩耍，身子因此虚弱，犯了手淫，更是伤身；如今有时想多念点书，却念不了。所以孩子身体最要紧，调皮并不要紧。

爱夫爱哥，沅　十二月廿四日晚　第六十三封

要我们替中国学生争面子

亲爱霓妹：

有九天不曾收到你的信，就像隔了两个月一样。明天我们开学，我比平常多读一样功课，一定忙些，只望你多多写些信给我，以作安慰。我从二月起还是每两个月寄一次卅。从此一直到我八月毕业，决不会错。不过毕业之后我决定到哈佛大学去，这是美国最大的学堂，到那里去念书，面上是很光荣的。只有一样，那学堂在美国东部，生活成本太高，并且到那里去也决不能再自己作饭。你同两个孩子作何办法呢？我自从接到你上一封信，说得真是伤心，我心中十分难过！接连这些天里，我老是思前想后。你同一对小乖乖这样受苦，我这作丈夫的作父亲的无论如何不能一口推去，说不能怪我。但是，妹妹，你应该知道，这也不能完全怪我，有一半也要怪家境太坏。论理说，一个人到外国念书，举目无亲，加上外国人向来对中国人是看不起的，你出去一不小心，就要受人欺负。清华的钱就是中国的钱，就是每个中国国民所出的钱，他们出了这么多的钱让我来念书，一方面也要我们替中国学生争面子。我这一直做饭，实在是丢中国人的脸。不过已经做了，只得做下去。就是一样，到了哈佛大学之后，我是决不再做饭了。我在那里不单要替中国学生在学问上争光，并且要教外国人知道我们中国人并非天生得不干净，不必他们见了中国人就擤鼻子。说起来你也不知道，我上课时候，出去时候，甚至走路时候，受这种气，受这种辱，也不知道受了多少。后来我做了两套衣裳，算是多少好点。到了今天，又为了这一晌住的房子只图便宜，不大干净，又要做饭，有气味，如今两套衣裳又有气味了，洗也洗不掉。在芝加哥丢人也丢了，顾不了那么多。不过到哈佛之后，我一定不能再替中国丢人。我想来想去，只有一条方法。你只好秋天带两个孩子回武宁去暂住一下。我在哈佛能一年得硕士是最好，顶多一年半一定可以了。哈佛是大学堂，得了硕士，回国去也不至于受人欺负了。去武宁借住，是不得已的办法。不过如今不比从前，你如今回去，并没有什么丢脸之处。我如今是出洋留学，你回家去，别人对你想必总不会错。并且我家二嫂三嫂，就是四嫂，她们不得已之时，也是回娘家去借住。还有一样，我以后（秋天起）虽然不能大笔头寄钱给你，零碎东西总可以每月或者每两个月买一次寄去武宁，让你看到欢喜。别人看见也好教人家羡慕一下。你进学堂固然可以省点，不过那也省不了多少。那一笔钱又从那里来？并非我不赞成你进学堂，我实在一百分相信你；就以往事情，可以知道你是一百分靠得住的。你要是不情愿回武宁，我看只有一个方法，就是我秋天先回家，要是找到好事情做，就不再来美国了。万一找不到好事，我就作个两三年，再回美国来考一个好学位。

爱夫，沅哥哥　十八年一月一日　第六十四封

小妹妹，你吃空醋吃得这样有味

亲爱霓妹：

接十一月廿八日挂号信。承你片好意，送我个女孩子，不过可惜我有许多功课忙得都喘不过来，没有心思没有工夫去玩耍。小妹妹，小妹妹，你真是一个小妹妹，吃空醋吃得这样有味。别人托做相框也没有么稀奇，何必这般大惊小怪，自寻烦恼？我每逢拿你的相框给人家看的时候，个个都称赞你貌年轻，绣花真好，别人问我那是谁，我每次都是回答，我的太太。我前一些时候打听，知道绣花抽税很重，你说不抽税，那在中国不抽出口税，到了美国还是要抽入口税的。我看你再到邮局一打听，就可以知道。无论如何，先寄小块来试试再决定。这种事我都是外行，至于到饭馆做菜等，那更是于面子有损；因为外国人做给外国人吃没有什么，中国人做给外国人吃就不成了。老老实实，还是把中文书翻成英文，最好。又体面，又有钱，不过难一点，一时不能见效。好在我回国以后，这事情还可以接了做下去，并不是一回了家就不做了。我如今在外国实在过得十分不舒服，比起我们夫妻两个在北京住的那头一个月，真是差的不知多少。不说别的，连一个熟人都没有。你居然忍心同我生气，教我难受，我真不知为了什么。或者是前世冤家，你今生注定了要同我扯皮的。以前的钱我不曾告诉你是怎样省出来的，怕你听了难受。现在你既然疑心，我不如老实说出来罢。房子是住最便宜的，无论洗澡多么勤快，衣裳都过了不久就是一股气味。这要是在中国我也不管，不过在外国，要替中国顾面子才对，不然上课时候，别人尽是擤鼻子，我上一点钟课，简直就等于坐一点钟监牢。还有吃饭，上街买菜，拿着一个大纸包有时一对大纸包，给外国人看见实在丢人。最令人又气仅伤心的，是菜店伙计对他们本国人说一声多谢，有时对中国人却偏不响。我本不要他说什么多谢，我听到又不多长一块肉，不过对旁人说，对中国人却不说，这岂不是明明看不起中国人？我从上海出洋，身边什么东西也不全。别人都是一套齐全，大箱大件。我个人倒不顾这些，不过到了外国一切就不同了，一切方面我都应当替本国顾全面子才是。不必讲奢华，却总要不让别人看作叫花子。实说，叫花子本没有犯什么罪，一个人只要人格高，学问好，穷并不要紧。不过美国人十分势利，只看外表。这倒不要紧。我又不是要去他家里招亲。不过外国人总想出方法来教你下不去，或是擤鼻子吐气，或是冷嘲热讽，法门不一而尽。你说叫人难受不难受！这一番情景我本也不想讲，省得自己痛心，教你也跟着不快活。如今你既然不能体谅我，我只好一齐说出了罢。夫妻两个最要合作，你动不动就是疑心我，把什么都向我身上一推，好像我是天下最坏的丈夫。自从结婚以来为了什么王家南京等，你还不曾见我而先就疑心我。几年来只有北京初见面时候最好，那时候人是两个人，心只一片心，那时候我过得最快活。不过我很明白，两个孩子都是靠你带大，有时烦躁，也是因为过于操心。但是你也该多想一想，我到外国来举目无亲，不单用心念书，还在省月费寄做家用，我想自从清华送学生出洋以来，每年也不容易遇到一个。你要是多想一下，一定可以想透。不过自从还不曾结婚以前你就疑心我是恶人，所以从此以后，每逢有了什么意外事情，你不先问清楚根由，就一笼统往我身上一推。这叫我怎么不伤心！即如这次我出洋，论理说不比以前，你回家去借住几年，也并不损面子。总之，我们这一对夫妻天生得都有点心里想不开。当时我初来美国，要是你立刻等我第一笔钱寄到，我们约定你就带两个孩子去武宁借住两年，如今也不至于你这样吃苦，我这样操心。如今改个方法还不晚。我想我阳历二月寄钱，那一次我看你还动不了身；等到四月寄钱，你再另借一点，找一妥当亲戚或是老家人领路带你去武宁。六月，八月的钱我可以买些稀奇古怪的东西寄给你。九月我去哈佛大学，能省点零钱，自然还是买些小件东西寄给你。不讲别的，我照相一直还不曾照，并非别故，实在因为我这一直没有一件合式的衬衫同一条合式的软领。照相要六块美金起码，我去年十一月不知是十月买了一张一块美金的廉价票，就是因为那剩下的五块钱想不出法子来。又因为头发，那从前告诉过了你。像样可以照相的衬衫同软领只不过中等货也得要三四块美金，连上照相五块，就不容易了。我心里不畅快，功课又忙，那有什么闲工夫来详详细细告诉你我为什么不能早寄照相给你？你因为我不曾寄照相，怪我，这也是情理。我不能怪你。不过由上面看来，我为什么缘故不能寄照相给你，你总该明白了。所以夫妻之间是多相信一点好。夫妻疑心，是自寻苦恼。一月四日能快点找到妥当送人早点去武宁是最好，要是不能，等到我六月寄钱时候，你七中间收到，那时候总可以找到人送了。这不比从前坐火车很安稳，这去武宁是一定要人送的。你千万不可再冒失。要是等到阳历七月还找不到妥当人送你，你可以写快信并挂号告诉我，再另想别法。你说我写信比你得少，这不然。我差不多五天有一封信。我信里注定号码，你总可以封封查出：哪封掉了，哪封收到。

采的爱夫，沅达达　一月五日　第六十五封

我们夫妻当中有什么话不能讲

霓妹亲亲：

十月廿五挂号信收到。你近来信是越写越好，有时候我看得心中痒痒的，快活之至。你说五月节前两封信我有许多话不曾回你。我查了一查，六月十二你来第廿九封信，信中说收到钱，说四太太说你嫌贫爱富，这完全是她造谣言，我已经向你说明白了；又说某某小姐事，我也告诉了你，我实在不曾同她有过事情。六月廿日第三十封信，说小东不能接回，你时常发烧头痛，劝我保重身子。六月廿五端阳第卅一封信写得真好。里面还有小沅小东的照相。这三封信我都回了你呀。难道这中间还有别的信路上失掉了吗？我一想中间隔得并不久，不像掉了什么信。妹妹，我们夫妻当中有什么话不能讲？我再不曾同中国学生同住过一起，所以你来的信决不会有人偷看。你何不一口气讲出来呢？省得我东猜西测，十分闷气。明年实在是不能回去，我托朋友找事也不曾找到。我在中国结的仇人太多，找事不容易。彭先生这次事情是闻先生帮他找到的，不过我同闻先生意见不对，我决不肯去再向他要好。赵先生前两天来信，说上海找不到事，因为什么大学什么大学都有一党把占着。学士同硕士并不差多少，学士找不到事，硕士也不见得能找到。明年我或到哈佛或到哥伦比亚，这是美国两个最大的大学，我要到那里去翻译中国书，将来印出，很能拿些钱。我向来不曾进过跳舞场，你放心就是。搬家既然很不方便，你看着办好了。我从前听说你住房靠近庵，听打钟打鼓，听出病来，我反来要伤心。我这三个月里无法寄钱，反来要你寄茶叶干果，我真是又惭愧又伤心。只望二月快到，我好早寄我下次的一笔钱给你，表我真心。我昨晚做了一个稀奇古怪的梦，梦到我同四个僵尸打架，半夜醒来，虽然不像小时候那样害怕，总不免不舒服很久。我这一季多念一样功课，共是四样，两样法文最费时候；其次一样英文也要念很多书；还有一样德文，难虽不难，不过我同教习有仇，我不得不仔细防备他。所以我真是忙得不得了，差不多一天到晚都念着书。书都有趣味，我又性子生得好强；况且到外国来，更是要好强点。身子我自然强作精神，细心保护就是。现在又要念书了。不能写下去了。今天是礼拜天。明天并没有课，可是整天都要预备后天的课，还不很够。将来到哈佛每礼拜只上八点钟的课，可是整礼拜都要预备。这是因为教习指定要念那几本书，他上课时候不过是发他自己的议论。从前我进高等小学的时候每天是六七点钟课，不过上过了就完了，晚上回来照常玩耍。如今比起从前，真是两个世界。我如今就是后悔一样，小时候身子不曾养得强壮，现在有时太忙，就觉吃苦。

爱夫，沅　一月六日　第六十六封

我要不要怪小妹妹呢

霓妹妹我的爱妻：

我忙了五天，今天是礼拜五，可以稍微喘气一下了。我本来念四样功课，今天退去了一样，因为身子不济，受不住这么重的功课。下一季也只照常念三样。不过这样一来，就要迟三个月毕业。这就是说我到阳历年底才去东边哈佛大学。你可以在长沙多住三个月。我近来念书忙虽说很忙，却极其有趣。法文德文英文，样样都念。将来回国教书译书，真是好处无穷。昨天晚上看一本法文书，里面有一个故事，说中国从前有一个皇帝专门好改装私访，看百姓私下讲些什么话，对官员满意不。有一天他访到一个强盗家里，强盗请他在客厅上面坐一坐，自己却走了。那皇帝还不曾坐稳，就觉得他那椅子往地板底下陷进去；等到停顿下来，他四面一望，原来他陷进了一间四不通气的铁房子中间，墙上挂着许多割下还不多久的人骨头。正在这时候，忽然不知从那里走进一个凶人来，他手执钢刀，要来杀死皇帝。皇帝心生急智，他说："你杀死我又有什么好处？我身上就只有这么一件烂衣裳，我告诉你，不如拿许多水草条子来，我好编成一块脚垫子，你把它拿去皇宫里卖，包你卖得了一千两银子。"这恶汉子回去告诉了他的强盗主人，倒居然答应了。皇帝就在这块垫子上面编成一个暗号，这个暗号只有皇后娘娘懂得。等到垫子编成功，送去了皇宫之内，立刻把强盗同那恶汉子擒住斩首，救出了皇帝来。皇帝回宫之时，叹气说道："当初幸亏学会了一行手艺。不然我这条性命早已送去了。"这故事原是阿拉伯文。翻译成了法文，不晓得你喜欢听不。要是喜欢，我以后再讲。我上次那一封信写完之后，睡觉不久，就作了一个梦，梦见到一座大房子中间去。一个池子，中间开着荷花，四边是走廊。我坐在厅子当中，听见知了尽着叫个不住，好像是大声痛哭一样。我醒转过来，还只半夜，真是说不出的伤心。我白天尽想，为什么作了这么一个梦？后来恍然大悟，是因为头一天晚上写完那封信给你以后，我吃了最后几个桂圆，从桂圆就想到莲子，就想到荷花。所以做了这么一个思家梦。我还有好多回在梦中和你相见，半夜醒来。我心里想到这第二天早上一定要写信告诉她。她是谁？妹妹，你猜一猜。那晓得又睡着了。等到醒转天亮，不凑巧就忘记了。这都是功课忙的时候做的梦，精神太累，所以容易醒转来忘记。无论怎么想也想不出，又立刻要上课，等到上课完了回来，更是想不出了。那个荷花大房子的梦凑巧是礼拜六晚上作的，当天歇了一天。第二天又没有功课，所以记清楚了。你有一封信说衣服不抽税，为加了照相，就抽税了。那不然，不抽税是说在中国不抽税；到了美国来，还是要抽税，不过抽得很少就是。绣花不过多重不抽税，那也是说中国。到了美国来，抽税极重。所以以后什么都不要寄了罢。就是中国菜，在这里中国店里也买得到。你寄来邮费太大，还是不要再寄了罢。上次许多东西，茶叶还留着一罐子，荔枝我留了一个作纪念，将来回国时候，不知道要压碎不。以前你寄许多药给我，我也留下一点作一个纪念。我对我的妹妹实在是一片真心。如今我那小妹妹有时虽然生起气来，我并不见怪。自然我不能寄钱，难怪小妹妹要着急。只望小妹妹原谅我罪有可赦，那就好了。隔了七天不曾接到你的来信，好像已经一个月一样。我要不要怪小妹妹呢？不能，不能。我简直不敢往下想了。不知小妹妹怎么想法过年的。唉，都是我下好。妹妹，求你饶我这次罢，我想到再隔二十天又能寄钱给你，心中稍微宽松一点。你能不能让我毕了业就回去呢？

爱夫　沅　一月十一日晚　第六十七封

我们的爱情一天增加似一天

亲爱的冕妹：

我想了一下，还是不主张你回武宁。乡下一切多不开通，我仍然主张你再进学堂。这样一来，我自然不能到东边去进美国最好的学堂。不过全盘打算，夫妻两方面都要顾到。你可以打听打听，什么学堂思想最开通，就进什么学堂，男女同校也不要紧，我是十分相信你的。不过你如今身体不十分结实了，不能进功课太重的学堂就是。进校之后，第一要你注重体育，养起精神；第二样我要你注重新思想。你归根到底，实在是一个一百分的好人。我自己也心肠不坏。我们所以有时不和，完全是发生误会。自从结婚以来，我们的爱情一天增加似一天，这便是因为我们彼此慢慢知道性情了。这一年半之内，要是你再进一下思想开通的学堂，我相信明年夏天我回家的时候，更是感情浓厚。我不是要你念死书，那也念不出什么道理来。我只要你到处留心，见事留意，这是长见识的最妙法门。进了学堂以后，学堂里一定有报，你可以每天有工夫多看一点，没有工夫就少看一点。规定看报，当作功课一样。我从前初来美国，看他们的报，觉得五花八门，简直看不惯，如今算是看惯了，觉得很有趣味。学堂里一定也有各种杂志，你可以拣《小说月报》……《东方杂志》……初看一定是看大不懂；看惯了，再有同学学学乖，也就慢慢有趣了。这些杂志不过偶尔看看好了，同学当中有什么有趣的书，很可以借来看看：好像《结婚的爱》《婴儿卫生》等都是好书。交朋友最要紧的是心肠好，太轻浮的不要交，太死板的不要交。对小沅小东最要紧的是身子练得强壮，别的都不相干。不要管得太紧，只要大体上不差就好了。小孩子最要活泼，我希望他们兄妹两个在社会上能做一番大事业，这一定得小时候把身子练好。我如今有时候多念一点书就不舒服，完全因为小时候身子糟蹋了。所以我这一季原来想多念三样功课的，也为了身子不济，不能成功，仍然照常只念三样。你到底住家不住家，完全由你看着自己办，我每月仍然照旧省出那么多钱来，每两个月寄一次，你住家也是每两个月寄三十美金，不住家住学堂我也是寄三十美金，我是尽省出的钱寄，并不是见你住学堂就少寄，住家就多寄。现在已经十一点了，这是我睡觉的时候。爱妻贤妹，下次再谈罢。我就此在空中同你打一个啵，停下笔来。

爱夫，沅　一月十四晚　第六十八封

我且说个故事给你听

亲爱霓妹：

半个月不曾收到你的来信了。比起我五天一封信来，是那个写得勤快些？难道你真是酸溜溜的吃起空醋来了吗？你要是疑心，不寄绣花好了，何必不寄信呢？这几天天气真坏，下了几寸雪倒罢了。外国房子很暖和，并不要紧。昨天忽然天气暖了，一面化雪，一面下雨。到了晚上冻起来，真是溜滑，走路时候一不小心就要滑倒。我滑了一跤，幸亏是干冰，不曾弄脏衣裳，也不曾跌痛。因为衣服穿得厚。这不知道要到什么时候才能化尽，真是恼人！如今窗子外面还是滴滴答答，今天礼拜五晚上没有事，我且说个故事给你听。这故事叫《阿里巴巴同四十个强盗》，是阿拉伯国家的故事。阿里巴巴的老爹死去以后，把一点穷家当留给了两个儿子。老大加新娶了一个阔寡妇，一天有钱似一天。唯有这个老二天生得古板，他在一个穷人家招了亲，夫妻两口只靠一点手工过活。阿里巴巴每天骑了那匹老爹传给他的驴子到树林里去拾点干柴。有一天他正骑驴走过林中，听到一阵马蹄的声音自远而近。他猛然想起这一阵马蹄一定是强盗，不觉魂不附体。但是势头来得太快，他要逃也逃不脱。只得舍了驴子，爬上一棵叶子最密的树上。那条驴子不知道往那里一钻，看不见了。骑马来的当真都是强盗，一共四十人。这时候阿里巴巴吓得一声也不敢响，只望他们快走。他见四十人一齐下马，把抢到的财宝都搬到树旁边一块石壁之下，他正奇怪着，只见强盗头目向了石壁念道："芝麻，开门！"果然呀的一声，石壁上开出一个门来。四十个强盗一齐把财宝搬了进去。门自己关上了。他们在石洞里过了很久才叫门出来。出来之后，门自己关上了。他们又骑马走了。阿里巴巴好久不敢下树，怕强盗半路回来。到底大着胆子下了树，常言道："眼不见，心不乱。"阿里巴巴眼见强盗搬进去这么多的财宝，那得不动心呢！他就试叫一声："芝麻，开门！"门居然也开了。他心中大喜，便跨进门去。门自己关上了。他只见灯光灿烂，犹如白昼，一间大厅都是从石岩中削出的。上面屋顶溜圆，墙角上大箱大篓堆满许多，阿里巴巴去打开箱子，果然都是财宝。他叫开门用尽力量搬出许多到石洞之外。搬出之后，门立刻闭上了。把驴子叫回，用柴篓子盛着，上面盖满干柴，教别人看见不会疑心。回家之后，妻子看见这许多财宝，以为丈夫是抢了别人，不觉连声把他责备。等到阿里巴巴说清来由，她才欢天喜地起来。连忙搬个小凳子坐下去，尽数那些金银。阿里巴巴笑她道："你这样数，哪里数得完？不如去加新嫂嫂那里去借一个升子来量罢。"妻子果然就听了他的话，去到加新家里。加新的妻子听说阿里巴巴家里要借升子用，十分奇怪，不知他们要量什么，倒要看看。她就暗地在升子底下涂了一点胶，让阿里巴巴家的拿去了。阿里巴巴夫妻两个只顾量钱，不曾料到这一着棋。果然把升子送回去的时候，在底上胶了一个金钱。那加新家的看到，真是说不出的又奇怪，又眼红。她连忙告诉了丈夫，教他去阿里巴巴那里打听根由。阿里巴巴记念兄弟之情，把前情后节都告诉了加新。加新回去之后，欢天喜地，夫妻两个商量了一夜，要如此这般。第二天一清早就装好了十头驴子，二十个大篓，由加新赶着。照了阿里巴巴说的路程走去，果然走到了石洞前头。他连忙把石洞叫开，一刻不停留的搬运金银。等到二十篓装满了，他已经累得上气不接下气，但是他心还不足，还要把口袋里装满金银，这次是他交了恶运，他正想叫开石门，走出洞外。哪知道心眼糊涂，把叫门的秘诀忘到九天云外去了。他吓得魂不附体。但是越吓越想不过来，大麦，小麦，黄豆，黑豆我们吃的五谷都给他叫遍了，偏生想不起芝麻两个字来。这叫作一个人不可不知足。加新要是二十篓装满之后就动身回家，也不至于鬼附了身，到底被强盗杀死。后来阿里巴巴把他尸身运回，安葬了。阿里巴巴从此变成了富翁，夫妻终身快乐。

爱夫，沅　一月十九日　第六十九封

我又退出学校了，一年来忍辱含羞

劝君莫要有疑心，免得无端疾病临。
夫妻好是多相信，作灾作福总由人。
我对君情海样深，明年回国自相亲。
当初小故求遗忘，只记京中初见情。

可怜虫的爱妹呀：

接到十二月十三来信同诗三首，忍不住要流下眼泪来。作两首诗奉答。但是我翻转信封一看，你在上面写了几个字，这免不了要教我不舒服。你来信哪有不收之理？给别人看见，好像我真不肯收你的来信了。妻子要是真爱丈夫，就是丈夫做错了事，妻子都替他遮盖。我并不曾做错事，你却要我空驮一个名。你就是不为我想想，也应该替自己想想。我的名气坏了，将来到那里去找饭吃？以前的事我本不要再想起，但是你这么一来，我又想到上海当时，你同大哥姨奶奶吵闹，大人不见小人怪，她玩她的，与我们什么相干？不理好了。你这么一来，别人在楼上听到，不说别的，只说朱某人怎样怎样。我看到你的来信，十分感动，打算好好写一封信给你。那知道你在信封上写了这样几个字，我实在忍不住要生气。我不能装假，只好等我气平了再写罢。

某某小姐我与她本无关系，就是你闹得个个都以为我同她发生关系了。后来我被你无缘无故设法磨我，我真想狠起心来，同她玩耍一顿，省得担到虚名，未得实惠。到底因为你辛苦操家，我不忍心。等一等罢，停一刻再写这封信罢。

上面是昨天写的，如今等我告诉你一件大事。我又退出学校了。一年来忍辱含羞，终归是受不住了。里面来理由很长，让我慢慢来说。来校的第二季，就是阳历去年四月。我念了一样功课。这教习起初是不愿意有中国人上课，不过我不理他，他也无法。后来他发下几本书给学生借去看。我看完之后，当时还了，我因为以前那个缘故，不高兴同他讲话，只把书放在他的桌上。后来他上教堂，我亲眼看见他把书拿了。隔不多天，他对学生大说一顿，说书有的不曾还他。他从我右边一个学生问起，第二个问我。我左边没有人，他就在前排问了几个人。这是什么用意，无非疑心中国人就是。这样功课他终归给我最优等。下一季夏天，我因为没有别人功课可选，又念了一样这个人的功课，班上又是说掉了书。不到几天，他说书找到了。有一次他在教堂讲错了一点事情，下堂时候我告诉了他；从此他痛恨于我。我本不想给他下不去的，只因半年来他实在不知教我生了多少气。这课也是最优等。我是要报仇，从此他明嘲暗讽！阳历十月秋季无别人功课可选我便选他两样。有许多与课本毫不相干的事情他也拿来讲。好像澳门是广东的一个地方，被葡萄牙国占了去，这同课本也没有什么相干，但是他前后提起过两次，这不是明明侮辱中国吗？我便把他的两样功课退去。这是阳历去年十一月的事。同时另外一样功课也是最优等，也是我同教习斗智。他看不起中国人，我就故意挑他的错处。有几次他不曾讲的话我替他讲了。我因为同他斗智，所以衣服穿得干干净净，好教同学都对我表同情。到了学季快完之时，他居然破口骂起了亚洲人来。我决定了故意缺课两天，让他知道，亚洲人并不好惹。那知当晚搬家，伤了风，一病就是十天。不只两天，简直是十天不上他课了。他想法要害我，都被我逃脱了。半个月前，冬季开课，我想早点毕业，就念四样功课，比平常多一样。但是其中一课，我同一个女学生同桌，她故意坐得远远的，教我下不去。别人看见，还以为我怎样呢！我当时一气，便把功课退了。还有一样，有一个学生居然当堂同我掉花头取笑。还有一样没有什么。最后一样又是那个同我斗智的教习。因为没有别课可念。班上七个人，他居然说只有六个人。他又说怎样怎样，我当时气得嘴都发抖了。我一忍再忍，只是闷住口不响。后来别的学生告诉他说有七个人，他又说他只能借六本书。我心里想，我偏要上这一课；我横直出了钱，看你能怎么。不知道几个教习当中是哪一个，或者是他们相好的学生，在本校日刊登出一段隐隐约约的新闻。我因为那里面不曾指明是谁，也干涉不了。但是气实在受够了，再也忍不住了。再这样过下去，一定要发疯。所以从前天起，立刻不去上课了。已经写信给留美监督处，或是教我三月去西边进学堂，或是暑假里去哈佛，那完全由他们去决定。总之我大学毕业以后，决计回家，不再多受这种气。我这一年来因为半路退了好多种功课，毕业要迟一点。暑假也念书，就要到阳历明年三月，迟一点要六月才能毕业。我想大半是去西部，因为钱还是能够照样寄。哈佛是好，不过不能寄钱，我是决计不去了。就是学校让我去，我也要想法辞去，省得不能寄钱给你。下月的钱准寄，决不会误事。离今天只有七天了。我心里很快活。早寄钱给你，我早安心。我把你的信又看一篇，忍不住又伤心起来。妹妹，你疑心何以这样重，一个相框居然惹得你害起病来，不是自寻烦恼吗？你一定要我的命，我求你快把这种疑心病改了罢。我也舒服，你自己也舒服。我又翻转信看，上面写明“祝你们爱安，空人霓君白”。我又忍不住要笑出来，这一坛空醋吃得太有趣了。“空人”者无有别解，吃空醋人是也。“你们”这两个字是两个人的意思，这两个人是谁呢？让我老实告诉你。一个姓朱，叫子沅，还有一个呢，她有了子女，并不是外国人。相貌长得很美，我爱她一片好心，她长得比我矮一点。妹妹，你如今看到这里，一片醋味直往上冲，是不是？我同她爱情真浓，她说她是武宁人，她称我达达。哈哈，妹妹上了哥哥的当了。看妹妹以后再吃醋不？再吃就再教她上当。妹妹，今天这个笑话比以前两次的故事如何？我求你以后多笑一点，少闷一点，省得闷出病来。我一时不能寄钱给你，你就不吃药，拿自己身子糟透，又何必呢？日咳夜咳，万一成了肺痨，如何是好！你存的那几个钱难道那么珍贵吗？我回家以后，还你岂不很容易。这是你个人的。虽说只有百把块钱，我也要归还你的。你不吃药，万一害成大病，人家还不是说我？这是以往之事，所以我提起来讲一讲。因为从此钱是照常寄，我才讲一讲。省得你又说我不想寄钱给你了。我知道你心中怀着一种疑心，怕我另娶妻子，把你扔开不管。我真不知道要什么缘故，你到如今这一层疑心还不曾去掉。要不责备你一番呢，你又是永远糊涂。责备过了之后，想到你我相隔这么远，并且想到你几年来的成千成万好心肠处，我又禁不住伤心！还是把这封信开头的那两首诗多读一读，看开一切，不必自己无中生有，那也不会这样苦了。我又作了两首诗，是：

三载期间即到临，自从别后两交春。
明年爆竹声喧后，便看归来万里人。
来年秋节月光清，我傍君看笑语频。
明月影移庭院后，红罗被底有双星。

三年期限已经过了一半。这一年半，我总能每两月准寄一次款子，不至于再误事了。阳历九月两个罗先生就到美国，他们同我进一个学堂，得到两个朋友谈谈笑笑，总可以不至于十分寂寞。你那时候也进了学堂，可以多活泼活泼，多见识见识，不要老在家里那样闷。

不是空人，沅哥哥　一月廿五日　第七十封

这一个多月总可以多写许多信给你，我并且想作一本或者翻译一本书，省得时光白过了。书成之后，寄与你收存，等回国时付印。再者，那两本译诗，罗先生如写信要，你可以说我又改变了意思，暂时不想印。我接上海徐先生信，说书不要零碎印，所以我要留着。

白发情人，初心少年

爱妹爱妹：

接十二月廿四来信，我同学堂里教习闹意见，已经不上课了。我想立刻回家，万一清华不让我回家，我就到西边个学堂里去。十二月我不能寄钱给你，并非别故，是公司里追着付衣裳钱。这件事我本不想讲的，现在与其教你疑心我同女房东不干不净，倒不如讲出为妙。我去年春天作了一套春用衣裳，同一件春天大衣，那笔钱是早已付了。秋天作一套秋用衣裳，穿了不久，也作气味。因作饭缘故，上课去让人家擤鼻子，我真不知道多么难过！十一月又作一套，同中国人经手人说明先付一套，另外一套以后慢付。哪知道隔了不久，他忽然来说公司里追钱，要我立刻付清；不然公司就会到法庭里去告我。后来果然公司用的律师来信限我一礼拜交钱，不然就到法庭。我只好为顾全名誉，在十二月初寄还十四块半美金给公司。这种事情我想何必告诉你，教你也难过呢？哪知道你疑心我同女房东勾搭，所以老实讲了。我作衣裳，完全是为中国人顾全面子。我当时同经手人讲好慢慢还，本来打算每月在吃食里省几块钱分好多个月付清的，哪知被他弄了那样一个花头，闹得十二月不能照常寄钱。这也是天外奇灾，并非我同女房东勾上，被她骗去了钱。我当时教你不要由哪家转交，怕的是我要搬走。因为以前搬家，都是事前不曾料定，临时发生了意外之事，我就要搬。那一家我也不敢讲住多久。后来果然十二月初就搬到这里，从前二嫂寄如意珠的相片，并不是由监督处转交，是寄到我第一次住的房子。这房子没有教转。幸亏这房子另住有一个中国人。他把我的信代为收下交给了我。我因此之故，教你不要直接寄到那家，教你还是由监督处转交。就是你这一向一直用的信封，虽然迟两天，却一封也不会掉。你的信我当作宝贝一样，看我怎么肯教它掉了呢！唉，夫妻不相信，两边都吃苦。到馆子里去作菜，我当时也不过那样想多寄钱给你。后来一想，他们本国人作，不要紧；我们中国人作，就失身份。所以我后来写信，也讲过这件事情不成，作罢。难道你不曾收到那封信吗？我照相是不喜欢照相，并且钱一时也难筹，要说我照了相给了别人，不给你，那你可以怪我，我却并不曾这样呀！你为什么要怪我呢？我写信写得勤不勤，你凭良心说一句，我多写一封信，不比照一张相好了。我相貌并没有什么好，我所以不愿意照相。所以从前在北京不是你霸蛮要去，我是再也不肯照相的。我在北京时候，两人感情还不好吗？拿当时来比如今，可见我并不是对你感情不好。你要明白一层，男人不像女人那样喜欢照相。唉，好罢，好罢，不管怎样，我这个月去照一张相好了，省得我那小妹妹伤心。好像一个小孩子要糖吃要不到，就哭起来。我的老太爷，外国不比中国，八十块美金有八十块美金的用处。不是靠了自己作饭同省俭，那里还有钱寄家里！我要是在中国有八十块中国钱一个月，至少要寄四十给你，说不定还可以寄五十。从前在北京，你也是埋怨我不寄钱。那知道，除去住房吃饭归学堂算账以外，每个月只有七块钱的零用。将来回国，只有一个方法，就是不要多生儿女。剩下几个钱专拿来教养小沅小东。与其多生儿女吃苦，反不如少养，教这两个儿女多享点福为妙。唉，小沅小东，你们生得太早，要吃几年苦，只望将来多教你们享一点福罢。妹妹，你这多疑的性情到什么时候才改得掉？你说你是孔明，一猜一个准；我说你是周瑜，只晓得乱疑心。你同我说的话我何至句句都告诉人！有许多话更是只要我两个心上明白，不给旁人知道。可以告诉人的话，好像说小沅乖巧，小东有趣，这些话说给旁人听是不要紧的，其余一切都是夫妻当中的知心话，那可以说给外人知道。我的信你切不要让朋友看，你寄来各信我半个字也不曾让人看过。将来回国，也只有我们夫妻两个看得。你近来用的信纸很好看，信中言语更是打动我的心坎。妹妹，由这看来。可以知道你是真心到地的爱我，我怎么忍心教你将来落人耻笑？我那是那样没有良心的人？留学生也分两种。我同你感情很好，我何至于？我要是同你离开，我这一世就不会有一天快活的日子。你说你对我恋恋不舍，我看到这四个字，真是钻心痒。你疑心是太喜欢疑心，有时叫我厌烦；不过你又常时说些真心话，又引我快活起来了。我说，霓君你这小冤家，你为什么不改一改，把那一种无意识的疑心完全打倒，那就夫妻之间团团如意了。我回家以后，决定不教很多书。只要一家子够用，能稍微余一点，预备万一闲时不至于一家子饿，就成了。剩下时间，一部分作文，一部分教小孩子，还有一部分时间用在夫妻之间，我要把我小时候从生下一直到现在，件件事情都告诉你，你也照样告诉我。我们或者在月光下闲游，或者在灯光下谈心，手握着手，心对着心，虽然久已结了婚生了儿女，也像不曾结婚，还是一对情人一样。将来就是夫妻两个头发都白了，也照样。就像一对二十岁的情人，那是多么有趣！只要我们这一对心不老，我们就是年老了，也还是少年。

爱夫，沅哥哥　二月七日　第七十二封

妹妹，我一定可以成功

爱妹霓霓：

《今古奇观》收到。我今天翻译了五百字，将来暑假一百天可以译五万。上课时候，二百五十天可以译五万。一年十万字，就可以印一本书了。这部小说共有四十万字，可以印四本书。这件事情在外国作不完，回家去还要作。译完了《今古奇观》，再译别种书。爱妹，你看这多么好！这样作下去，不到十年，就会有外国大学请做教授了。那时候，一家人享福的日子就到了。不过我要问，我这第一本书有书店肯印吗？我看有六成可以办到。因为一则《今古奇观》这本小说有趣，三年前一个英国人译过几篇，当时外国人都夸奖得很。我如今把它全译出来，更要受人欢迎。二则我是中国人，这本书我每个字都懂，不比外国人时常猜错。我的英文只要仔细练它一下，就能正式见人了。我如今在大学学生当中，英文算是出色的。总之，天下无难事，只怕有心人。妹妹，你看我作罢。我自然不是瞎拼命，我身体不好自己也知道。不过我能专心，可以一天到晚不想别事，只想着译这本书。我也能有恒，可以天天接连着只想着译这本书。我一定可以成功。妹妹，我一定可以成功。妹妹，你可以常拿些有趣的事写信告诉我，提起我的精神；例如你自己做些什么事，读些什么；小沅小东，怎样怎样；好多好多，只要你有工夫写信，就请你立刻告诉我。你自己最要紧是放宽心怀，两个小孩子最要紧是强壮身体；这两件办到，我就快活了。

爱夫，沅哥哥　二月七日　第七十三封

我从此不敢看不起人了

霓妹亲爱：

我大约十天后转学奥海阿大学。这学堂在乡下，镇上只有五千人，学生三千，一共八千。听说地方整齐干净，每月至少可以省十五块寄给你，你上封信说月费九十，是你记错了，只有八十。就要离开芝加哥，很好。秋天我或者劝两个罗先生去和我同住。那地方没有中国学生，不知道有中国人没有。我到那里，近一点，并且清静，好作文。这次车费一定向监督处要，所以阳历四月我要寄三十给你，望不必记挂。我把昨天一天的事写下来给你看看。上午因为冷，不曾出去买菜，就是把上一天剩的大虾米煮汤泡了两块面包做中饭吃。接奥海阿大学来信，说由我去，明年夏天毕业。我写信给监督处，六点钟天黑了，我上街买菜。街上很亮，我图它路上不亮，人家看我不清楚。买面包一条一角，烘肉一块有皮素肉很少荤肉多，有三寸半见方，六七分厚，二角五。酸菜罐头七分，山芋罐头一角，扁豆罐头一角一，鸡蛋一匣六个二角一，白菜一棵一角一：共九角五，预备三天用的。回来打开酸菜同剩下的大虾汤加油炒干，倒是很下饭。另用山芋同订的牛奶，早上不曾吃，煮在一起，这很好吃。我半年来不曾吃过芋头了，两样菜只吃去一半，剩下一半今天中饭做菜。晚上往同学林先生处。他替我用打字机打一首英文诗，他说八点打好。我八点半去他还不曾做完这件事。打成功以后，我们谈了一谈。这林先生我从前以为他是一个小政客，哪知道他很有点志气，我不觉对他产生敬重之心。唉，知人知貌不知心，一个人实在难讲，我从此不敢看不起人了。回来路上很冷，睡上床说不出的舒服，立刻睡着。

爱夫，沅　二月十五　第七十四封

如今不似从前重男轻女了

霓妹我妻：

这几天因为左思右想，到底是去别个学堂念书呢，还是仍然在这个学堂呢？所以苦得很。现在算是决定了，仍旧住下，明年毕业，准回家去。我这一晌心绪欠佳，什么事都懒得做。拿寄信单一看，居然有十天不曾写信给你了，这把我吓了一跳。三月二日到的信我还当是已回了你的信呢。我十分相信你，你不必多心。你这样辛苦操心，我要是再疑心你，我真是没有心肝了。小沅小东近来都好了吗？唉，明年不到，我一刻不舒服。回家以后总要让你同两个孩子过舒服点。咳，你并不是无能的母亲，是我是无能的父亲。只望明年早到，我早点赎罪罢。你做手工也不要做太多了，只做一半好了。身体要紧呀。我的妹妹，我以前那几封信写得不很亲热，你看到自必伤心，我请你宽恕罢。妹妹，以后千万彼此不要疑心，省得你也难受，我也难受。二月寄的钱想必等十天你就收到了。这叫作"千里鹅毛"，也是无法。以后每两个月寄一次，虽然不能多，总要次次不错过；你也免得记挂，我也免得不快活。妹妹，你不要以为我在外国快活，要是在国内有一个事情长期做，我也不至于到外国来了。唉，明年快到罢！

好快点夫妻儿女一家团圆！好久不曾寄零件东西给你，等下看上课后买书要用多少钱。如其用得不多，总可以买一样古怪东西给你，上次信里说的就是。照相太花钱，等阳历年底半价时候再照罢。能剩……[1]子的道理没有别的，就是一个宽字。妹妹，你要知道，一个男子，只须他有良心，他总会回头的。妻子只要忍耐，丈夫一定对她好。妻子千万不可吃醋着急，那样把男人弄糊涂了，最危险。因为男子一糊涂，什么事都作得出。

三月六日

接一月廿九第三封信，我看完之后，真是说不出的快活。你这封信是一片情，一片理。我今天中午包管可以多吃一片面包。以前那几封信我看完以后总是成天的不快活，想必你看到我的信时候，有时快活，有时不舒服，也同我一样。我从此要封封信能教你快活。夫妻相隔这么远，只靠着信过日子，我岂肯让你不舒服了。从此你就是有时教我不舒服，我也要忍而又忍，不写一个字教你看了难受。小东断奶不太早吗？这种事情我不十分清楚，你看着办好了。只有一件事，如今男女平权，女子也能做很大的人物。我指望小沅将来做个大实业家，能够在大工厂里做总工程师；或是造船，或是修铁路，或是造飞机，或是造汽车，或是开矿，或是发展农业，我如今很后悔，从前不曾学得工业。如今中国改造，最用得着这种人才。中国人作文章是很会作，就是不会造机器。中国不富不强，便是因为这个缘故。我很希望小沅能

①原文缺字。

做一个大英雄。小东我指望她做一个大艺术家，或是图画，或是音乐，或是文学，女子性情最宜于这各种。现在西方各国，不单女艺术家多得很，就是女议员、女飞行家、女市长、女律师、女科学家，都多得紧。他们小学校里教员都是女子，中学校也有一半是女子教书。大学校也有不少女子大学教授；店中店伙，无论大店小店，十个当中有九个是女子。所以外国女子真是同男子平等了。我如今越同你过得久，越觉得你好。你的能干实在可以佩服。外国女子也赶不上。你不像普通一般女子没有志气，嫁了丈夫就完了。你简直是永远精明，永远要强。我们这个四口的小家庭差不多一大半是归你一人撑起来的，我真是又惭愧，又感激。我只求你不要做事做得太过，免得内伤身体，好让我回家之后能够大大报答你一番，图一个三十年的后福。妹妹，你千万记着我的这番话。还有一层，两个小孩子都要紧，要想将来做大事业，必得小时把身子养好。如今不似从前重男轻女了。在外国简直是重女轻男了。就拿我们这个小家庭来说，老实一句话，实在你比我能干得多，要紧得多。我要设法，每两个月多寄五块美金，一年之后，那笔借的钱可以还清了。还有你手工得到的钱同房钱拿来家用，我也要还你。这是你的私家钱，我应该还的。我虽然不能寄每月四十，只能寄一半，我却希望你合作，将来我当然还你。手工不可作得太多；免得伤身。就像这次你手指作痛了，我真心痛。你进学堂我很赞成，用钱仍然照这个数目。或者过得好一点，以后我作事一定十分小心，不肯像从前那样作衣，上了人当。你请放心。桂圆等都收到。有信告诉你，不曾收到吗？罗先生处寄去《三星集》，也好；说不定能卖出去，寄钱给你。两个罗先生都在清华，所以封面事很容易办，你放心好了。学堂随你进什么学堂，不过功课轻的，进了学堂以后，手工自然更要少作了。功课要是觉得吃力，简直就不要作手工了。总之用钱照每月四十的数目，我寄一半，那一半归你设法。我一定还你。你的身体我要你珍重，不要过于劳苦。这是我唯一注意之事。外国搬家很方便，只要一块钱就搬走了。我这又要搬家，因为我住房下是地窖。地窖中是火炉等，冬天暖和，春夏就不成了。并且常有煤气不卫生。这次搬的房子是二楼，好了。我搬来搬去，都是一条街上，所以搬家并不费钱，我很明白。我这个身子并不是我一人的，你也占一半，我决不至于让你做那个军人的妻子。还有一样。我作诗是为中国作事，我也要爱惜身子。你的信我看了都十分喜欢，没有一封不留起，那会讨厌呢！等到明年回家，我们把彼此信件拿来对着看，那是多有趣！罗先生大半会来与我同学，我因为近来觉得文学无用，很想劝他学工业或农业。他近来为了自己恋爱，不管父亲，所以家里不寄钱给他了。他只靠了卖文章混这半年过去。自从北平以来，我完全死了心相信你，你不必多心。将来彭先生的事情还要托你一力成全呢。罗胖子先生也说不定会来这里同学，那样这一年就容易过去了。你这一封信写得实在太好了，我如今精神很好，又可以写长信给你了。我这一封信到的时候，你想必已经进了学堂，你在家有小沅小东，到学堂有朋友，真是热闹。我只望你的精神一天好似一天，不要害病，我就宽怀了。我主张你进学堂，便是这个缘故。下次再谈。

爱夫，沅　三月七日　第七十六封

余钱我买些稀奇古怪的东西给你

霓妹我妻：

款子寄出已四十天，想必你收到了。我前天搬家，房子稍微好点，最好的是饭包给房东。我自己不用作了，两样合起来同从前一样价钱，你说多好！以后寄钱照上月那样，能余钱便每月买些东西寄给你。我前几封信不是说买稀奇古怪的东西给你吗？买了一件来了。月经棉带只要四角一打，真便宜。本来买了两打，寄不方便，所以先寄一打。我不明白光是这棉够不够。还要什么别的吗？你记得从前谢家三姐是怎样？还要什么带子不要？另寄小画框两个，看路上会打破不。要是不会，再买些给你。有许多别样的，一些美术片子是外国春节用的贺节片子，我们自然用不着，不过我看他们做得不错，有些看了简直好笑，所以我买了寄给你。发网三个还是很久以前买的，这次顺便寄给你。我急着要寄东西，这次只能停下。下次详谈。

爱夫，沅哥哥　三月十一日　第七十七封

我并不是不肯念书，不过上课就像是架机器

霓妹我妻：

刚才把包裹寄了。我今天一清早醒了，思前想后，好几点钟不曾睡着，所以有点头痛。只要今天晚上多睡一下就好了，你不必记挂。我因为脾气不好，换了一次学堂，弄得要三年才能大学毕业。同从前清华半路停学三年一样。好在等这一年过去，以后再也不用进学堂，那时再也不要作这种讨厌的学生了。其实呢，我并不是不肯念书，不过上课就像是一架机器，教习教你动你就要动，不教你动你就下能动，这我却受下了。好在只有一年了，千忍万忍也过得去。你进学堂我也不过想你多舒散舒散，不要成天闷在家里。并不必苦用功，算术之类你学了有什么用？我看不必。到是再学一年绣花，或是文科，总要你自己最喜欢的。你可以选一样，我无不赞成。我并不要你毕业，家里事情多，就少上几次课。精神不好，就可以告假。你上学堂，我不过要你热闹有趣，多长点见识，并不是要你死念书。既进了学堂，就说不必死念书，上课也得费时间。所以手工最好不要作，一定要作，也只能礼拜天随便作点，不要过劳身体，千万千万。照医生说来，一个人每天应当睡眠八时，休息八时，只能做事八时。管理两个

孩子自然也算做事，打算是每天三点钟，那就每天你只能上课三时，预备功课二时，礼拜天就说没有课，也只能作五点钟的手工。所以每天八点钟，第一轮到小孩子，第二轮到上学堂，第三才轮到你作手工。

以上十一日

夜里我做了一梦，梦见我到一个人家吃喜酒，忽然一片闹吵，大家都从酒席上站了起来，原来是一个女子，带着一个小女孩子闯进了厅上，这女人眼睛已经瞎了，是从前逃反，同丈夫失散，她四处寻找，每逢人多之地，她就说她的事情。想着丈夫万一在场，就可以听到。所以每逢开市聚，做道场，喜庆筵席，她都去。一则找丈夫，二则借此唱唱道情糊口。她这道情就是说的逃反一家失散，她一个人如何四处漂流一番苦情，人人听了无不酸鼻。就是一样，喜庆场中她也拿这个来唱。刚才吵闹，就是门房不让她进来。好在这家主人很开通，并不迷信。他说只要唱得好，就唱罢。她唱完之后，果然个个伤心，替她可怜。忽然来客之中有一个放声大哭，走上前去，就把她抱住。她正要挣开，那来客叫道："秋娘，秋娘，是我呀！"原来秋娘就是这女人的小名，是丈夫替她起的，只有夫妻两个知道。我当时又伤心，又替他们快活，一下哭醒了。

十二日

这面已经是春天了，不过昨天下了一场雪，又冷了一下，当天就化了雪。明后天想必又要暖和起来。我恐怕还是要换学堂，这对于寄钱并无关系。因为监督处可以先领车费，所以下月仍可照常寄钱回家。我等几天要寄一些外国书回家，因为书重搬来搬去太麻烦，这些书我又一时不用。今天是礼拜，外国人家，礼拜天的中饭或是晚饭比平常作得好些，平常日子是晚饭作得比中饭好些。外国人家家里什么事都由妻子做，要不然就是穷亲戚。外国雇佣人极贵，除非富翁才雇得起。不过事情虽多，作起来却不像中国那样苦。每样东西都有机器管住，做饭有煤油，只要一扭龙头，划一根洋火，就是火了。什么时候要关，什么时候扭上龙头就是。面包是现成的，油也是现成的。一年到头有冰箱，洗碗也只要一扭自来水的龙头，哗哗的就是冷水热水。热水在地窖里烧的，这是丈夫的职务。煤归丈夫加，洗衣有洗衣机器，机器一开，自己会动。肥皂也有现成的油粉，只要拧干衣裳拿出去晒就是。小孩子到了七八岁就帮着做零碎事情。不过孩子一多，那母亲就苦了。所以许多女子都让限制生育，用橡皮套子也是一个方法。最好不知是一种什么药粉，这是外国女子大半都知道的。我从前在亚坡屯念书，住的人家，夫妻两个结婚很久，只生了一个女儿就不生了，可想而知。下次再谈。

爱夫，沅哥哥　三月十七日　第七十八封

第四章

我又退出学校了，这一年来忍辱含羞

赴美留学，朱湘是怀着爱国之志的。同学柳无忌后来回忆道：“我们有一个共同的好梦，要在文学方面作最大的努力和贡献。”然而事与愿违，当时西方人对中国人普遍存歧视心理，朱湘过分敏感，他生无媚骨，“西人鄙视我们华族”这件事极大地伤害了他的民族自尊心，愤然两度转学，先是离开了劳伦斯大学前往芝加哥大学就读，后又前往俄亥俄大学学习。他将外国比喻为“死牢”，终日生活在苦闷之中。

在给妻子的信里，朱湘时常提到这一点，而远在万里之遥的家，就成了朱湘最后的寄托，回家、回到爱人身边成了他最迫切的愿望。

芝加哥那地方我实在像是作了一场噩梦

霓妹我妻：

接二月廿四日信并相片，我是本月二十三号改到俄亥俄大学。这几天一直手忙脚乱，到今天礼拜五下完了课才能写信给你。这地方天气同南京上海一带差不多，最好的是没有煤灰，从此身体一定可以比在芝加哥好。女房东大概是半黑半白种，有四个孩子。最大的二十岁了，待我倒算客气。近来几天看报，说中国又打仗了。你同两个孩子都平安吗？我真是十分记挂。这边有个湖南同学，据他说菜根香在城外，我听到更是不放心。但望大小三口都平安罢。罗先生处，我译诗想必已经寄给他了。是一个同学开书店，要书去印。据罗先生说，他对邓小姐还是念念不忘，他觉得几个别人都赶不上邓小姐。罗先生我想劝他来这里，多一个朋友，免得孤零。我在芝加哥曾经定作了一件礼物预备送你。临行太忙，不曾寄，明天想必总能寄了。是什么呢？等到大后天四月一号汇款时候再告诉你罢。我一直不曾能够寄一点礼物送你，现在算是办到了。我照相事也说不定一个月之内可能照成。芝加哥那地方我实在像是作了一场噩梦。并非我不想寄钱，实在是用度太大。在这里，等半年左右，我还可以多寄些钱给你。这半年每月要扣五块，因为路费是监督处暂时借给我的，要扣回。大后天寄廿。

夫，沅　三月二十九日　第七十九封

你的嘴唇实在是很美

霓妹我妻：

上了两礼拜的课，一切照常一样。这里天气很好，同我们南边很像。我这个月的钱本应当一号就寄的，只是有一个缘故，这地方只有总局可以寄钱，总局就附设在省政厅中间。这远的路寄钱回中国，只寄二十块钱，未免教外国人笑坏了。所以我决定到下个月共寄三十，面上稍微好看一点。现在余的这二十我决不会动它分文，请你放心。以后每三个月寄一次。无论如何，我总要省四十寄给你。这头一次因为初到，杂用有些，将来等学校借款还清，还不止四十呢。早迟总有一天，我能教你明白。在芝加哥时候，我并非不寄钱给你，实在是不得已。我现在也不说什么，将来你总看得出我的心。这地方半乡半城，很可以做事。翻译中文诗的计划我又想实行。到此以后，精神身体都好得多，不像芝加哥那样又脏，又满是煤烟。在芝加哥，好像是一天到晚心悬悬的。到此以后，心都定下了。从此我再也不住大城了。你最近相片嘴唇照得最好。你的嘴唇实在是很美。小女孩子嘴唇就是那样。我从前作诗，讲嘴唇美就美在“娇媚的弓弯”。我把你从前同照的相放大了，原底子还在我这里留着。现在把放大相寄回给你，以前说的那件稀奇古怪的好东西就是说这相片。这里有一个清华同学，很会照相，他答应替我照。想必十天以内就能照好。洗出来以后，自然就寄给你。这两个礼拜因为初开学，又是新到本地，事情多些，将来我想一礼拜寄两封信给你。

夫，沅　四月六日　第八十封

要是有你同住，一定能过得很快活

霓妹我妻：

同学替我照相，底片已经洗出来了。有一张不错，明天早上拿去洗它一两打。下一封信里就可以寄给你。我在这面念书，还是照常一样，没有什么可以说的。只等秋天，同两个罗先生见面。

四月十一晚

听说中国已经不打仗了，心又放了下来。照相已经洗好，不过洗得并不好，先寄一张给你看。明天十五，礼拜一，再去另一家洗一打寄给你。我有两个礼拜不曾接到你的来信了。是害了病吗？要不然就是气了我。好罢，以后无论如何，我总不写信教你难受就是。不知什么缘故，我这一向子精神麻木，身体好，精神却十分麻木。我现在一天数一天，数到同两个罗先生会面之时，总该好了。我也想一礼拜写两封信给你，总是提不起精神来。这一张相是在一个同学房里照的，光线很好。在我自己房里也照了一张，光线太差，所以那一张不印，只印这一张。这地方很像长江一带的天气，一刻下雨，一刻天晴。这几天桃花开了，樱桃花也开了。要是有你同住，一定能过得很快活。可惜一个单身汉子，任他天气多好，心里还是冷清清。我又想回家，可是国内仇人太多。他们见我毫无名气地回国了，还不要想法害我？只看从前在北京，费了九牛二虎之力，才卖去一本书，还要受多少闲气，这叫作进退两难，无法可想！越讲越心烦，还是不讲罢。

沅　四月十四日　第八十一封

我们两个就是一个，我的钱自然都是你的

霓妹爱妻：

连接三月五日十二日两封信，看完说不出的喜欢。你一同我好，我立刻想起以前你对我的好处来。要是你对我不好，我又把你以前种种好处都忘记了。妹妹，我们以后永远不要再吵架了罢。我如今告诉你一个好消息，彭先生刚巧有一封信也是这天到，说闻先生要我去武昌武汉大学做教授，每月三百块以上的薪水。前一礼拜看报，说中国打仗，不知近来怎样。家中各人都好吗？要是闻先生下半年还在武昌，我这下暑假早则阳历六月底，晚则八月初，一定回家。那时候又是夫妻，又有儿女，又是朋友在一起，多么快活。妹妹，以后写信千万不要说“叩头”，我看了伤心。夫妻是平辈，你只要少多心点，要说三句话，只说两句，我们这一对夫妻就一定再好不过。妹妹，你实在是再好不过。心又好，做事又能干。我平常何时不记得？就是你的口厉害一点，说一句话，能刺人心。我那时就立刻糊涂了，把你的好处一齐忘记了。妹妹，月经棉收到了吗？你说近来行经之后肚子痛，我十分不放心。这是从什么时候起的呢？望详细告诉我。妹妹，千万保重贵体呀。我动身回家，早则阳历六月底，迟则八

月初。见面在即，让我做医生治你的病罢。我这几个月的钱，怕路上要有用，就不寄了。你先拿私房垫用一下，以后回国，就还你。这并不是分你我，私房钱照例应该还的。自然我赚的钱都是你的。因为我们两个就是一个，我的钱自然都是你的，将来一切银钱自然是你太太经手管理。不说我手松，就是不松，这也该归太太主管。万一我秋天不回国，这几个月余下的钱仍旧寄给你。妹妹，原来你要我照相，一半也是怕朋友疑心我们夫妻不好。我听到这层，心中十分难受。妹妹，实在是我对不起，过于大意，教你在别人面前难过。请你宽恕罢！想到上次寄了照相回家，心中稍微放宽一点。由此看来，这种日记的方法实在很好。东牙子我们也要当心，如今世界男女平权，养大一个好女儿，同儿子一样得力。我们待她好，她决不会忘记的。

爱夫，沅哥哥　四月十七日　第八十二封

把兄妹两个好好带大，做将来新中国的伟人

霓妹爱妻：

日记的方法很好。我把昨天各件事情写下来给你看看，起来以后，漱口，刮胡子，洗脸，从楼梯口拿牛奶进房。这地方牛奶比芝加哥便宜，一天六分一瓶。奶倒进碗里，加炒米，炒米是一角三分一盒，可以吃四天，是黄颜色，不曾去米皮的缘故。米皮其实最补，所以红米最好；因为红米不曾去皮。上课，中饭在中国馆子吃。五角，一碗饭，一大碗炒肉片，加白菜，芹菜，青椒，不辣。这本要七角。因为我同他们商议定了。便宜两角。我下午写信给上海徐先生。我们从前住北平，不是卖了一本书给北新书局吗？到现在两年，才印了出来。我们应该有五本送的。你还记得不？我问徐先生，请他问北新，已经寄来了美国没有。要是没有，就由他们书店寄一本给你，一本给二嫂。晚饭又上中国馆子。吃的面，是很细的面条，炒焦了。另加白菜，肉片等，同一点蛋丝。七点钟本城中国学生开会，会里我遇到一个同学，他跟我同船来的，他也已经结了婚。据他说他只寄过几个月的钱，每月十块左右。他这还是同她商量好的。他们从小一同长大。这样说来，我实在不算坏人。一头要撑起面子来在外国念书，一头

还要寄钱家用，固然不能怪你着急，也不能怪我寄钱太少。好在这两年已经过去，我就要回家了。只望武昌这事情不踏空，那时候你也不要受罪，我也不要受罪，两个小孩子也沾光了。二嫂说薛姻伯下半年安葬，她还要帮着料理半年，明年春天想必她就不再住在娘家了。只望我这事情没有变动，做了半年，这半年里替二嫂当心找一个武昌的学校教书，那时接二嫂到武昌同住。不是最好吗？如意珠秋天听说要考杭州艺术院，春假暑假，可以回武昌家里过。七妹如今怎样了？现在这种世界，不比从前了；女子总得学到一种职业，才能嫁出去。嫁出去以后我们哥嫂才能放心。我们家里穷，没有嫁妆陪她，就是有嫁妆，也用得完；唯有职业学成，才是无价之宝，这层你务必向她说清楚。大人不见小人怪，我们做哥做嫂的对这无娘的小妹妹最好是当作自己儿女看待。她一时糊涂，将来总会明白。我们拿好心感动她，她自然要知道哪个嫂嫂待她好些。

四月廿一日

今天廿二，天气很好。昨天下了一天的雨，昨天上午去一个同学马君家里。他在美国结的婚，妻子也是留学生。小小一间房子，有一个女儿才八个月，长得很大，并不十分活泼。不知小东如何？要是小东像你就好。月经棉，彩色放大相片都收到了吗？相片压坏没有？月经棉浸水了没有？夏天回家一定带些奇怪的东西，回家给你，给小沅小东。我希望他们两个兄妹，你都一律看待。你可替我告诉他们，父亲就要回家了。回家看母亲同沅伢子东伢子，教他们念书做事，问他们愿意不。妹妹，我觉得我们有了两个孩子，我们宁可这五年之内专门一力把他们兄妹两个好好带大，做将来新中国的伟人。我们不要多生，省得家用困苦。我打听到一种药，你拿了放进去，立刻化了。我们同床，决不会生孩子。一点不痛，一点不危险。将来五年十年之后，要多生孩子，不用这药就是。

廿二日

今天我做的一篇文章教员在班上念了，面上很是风光。另有两样功课我又是同教习不对头。我把它们退了。哪知退课要两块钱，这是月底，房钱早付了，饭买了饭票，用到月底，这两块钱哪里出呢？幸亏智上心来，卖去这两门功课的教科书，哈哈。

沅　四月廿二日　第八十三封

我这次回家是回定了

霓妹爱妻：

我今天看书看的眼睛十分疼痛，因为书是极好。不过这两天接连看个不歇，看伤了眼睛。如今监督处换了人，要两礼拜才转一次信。所以上次十五号转到你三月五号同十二号两封信，总还要等三天四天，你的信才能转来。好在我这夏天就要回家，不然可就苦了我。在外国自然也有些好处，不过十分无聊。我这次回家是回定了。从前我多次想着回国到底不曾回成，是因为仇人太多，怕谋不了生。如今闻先生他们感情又好了。多朋友帮忙，想必不会找不到事。这次闻先生还在武汉大学是顶好，万一不在，他们也总能够替我设法。将来他运气再好，我仍旧能当大学教授。小沅小东近来都好吗？儿女这么大了，我做父亲的还不曾见过一面，说起来真古怪。这几年来都是亏了你一个人把他们带大。回家以后，我也应该多多上劲才对。不用说，我想到回家，各方面都是说不出的快活。同你再见，头一次看小沅小东，听他们讲湖南话。妹妹，说来有趣，一家四口，有三个说湖南话，占大多数，剩下我一个南不南，北不北，只好到了长沙，立刻拜你做先生，学湖南话。除开这两件大事以外，还有吃粥，吃酸菜、酸灯笼辣椒、包子饺子、腊肉腊八豆，说不清的好菜。不说了罢，省得流口水。想起来自己都有点不敢信。这学季六月十号完结，我大半六月底就要动身。我们七八月左右就要见面。抱，玩呢，在外国简直不能游戏运动。回家以后，一定要对身体十分注重。每天下午一定要运动一点钟或是踢毽子，或是打网球，总要把身体练得十分强壮。身体一好，教书也十分精神。这秋天要是闻先生不离开武汉大学，他的位子一定长久，我自然也跟着一样。那个时候，我从前说的让你享一点福，真就要说应了。但望如此。

爱夫，沅　四月廿九日　第八十四封

我的小乖乖，你何必白愁呢

霓妹爱妻：

三月廿八第七封信到了。你近来信越写越好。我看完以后，十分爱不释手。你朋友结婚，何不去热闹热闹，省得老在家里闷气。德国影片含有教育性质，这种片子很好。你的朋友对你好，我们将来可以替她们做些媒。你还账是替我还的，将来必要算还给你。你私房是你一个人的，从前家里不宽头，你一片好心拿出来垫用一下，那只能算是我暂借，终究要还你。至于我的钱，自然就是你的。所以经济独立四个字在我们夫妻中间用不着。你的生活问题我替你解决了，这本是丈夫分内应做的事情。我的小乖乖，你何必白愁呢！家庭之中，丈夫管外，妻子管内，你不能说你是寄生虫。那样，我也可以说是你的寄生虫了。你想想看，家事不是靠了你支持，儿女不是靠了你管领，我如何能过得下去呢！所以要说，夫妻两个都是寄生虫，彼此相寄而生。要不说，两个都不是寄生虫。说句笑话，我还应该是寄生虫。小沅小东两个是怎么来的，不是我的虫在你身上寄生，长大的吗？至于学问，那是男人的事情，女子最要紧的是管家明理。不过讲起管家来，恐怕还是你好。所以妻子的两种资格，管家，明理，你都是及格，并且都是一百分。我极其满意了，你不必再客气了。雨衣同手表自然会买了带回去，要是有钱，还想买点别的好东西给你。我替你放大了相片，你替我画了像，这叫作二人同心。回家之后，夫妻自然要常常出去同游。一天到晚闷在家中，最不卫生。小沅小东你说得极其有趣，我巴不得早点看见他们兄妹就好过。小东像你，将来大了，一定是十分精明，十分能干。

以上八日

我回国大约是回定了，闻先生一定不会动。就是动了，他熟人很多，一定也能在别处替我想法。不过一样，武汉大学薪水最大就是。别地方听说都没有这样好。阳历六月半我可以得到的确消息。那时我会快信告诉你。阳历七月半，不是快信到你的手里，就是人到你的被里。除非万不得已，我才肯在外国多住一年。

爱夫沅　五月九日　第八十七封

你这么好，我实在配不上你

霓妹我的爱妻：

我又把你的各封来信看了一些。看到大病那一封，心里说不出的难受。你这么好，我实在配不上你。我想秋天无论如何，决定回家。只要夫妻一心，别的也不用管了。武汉大学的事情能不落空，那是最好。万一闻先生走了，他们在别的地方也能替我设法。虽然不能那么好，比从前总好得多。并且闻先生这次能这么帮助，将来他又得到好位置，还是一样能帮忙。我越过久，越觉得你好。我有这么一个好妻子，还不很够了吗？还有那样一对小孩子，多么可爱，多么聪明。我应当尽心教养他们成人，何必住在外国，我也受罪，妻子儿女也受罪呢！万不得已，闻一多先生不在武汉，别处又不曾替我找到事，我只好到西部去再等一年，同两个罗先生同住。那里听说很便宜，一个月可以省二三十块美金，不过待中国人很坏。好在两个罗先生一同住，朋友在一起，热闹得多，他们待我们不好，我们可以不上街去。三个人在一块，也不怕孤零了。罗瘦子先生近来听说又同邓小姐要好了，他是做古正经的，并不是随随便便。像我们夫妻两个是由父母配定，刚刚凑巧，配得很好。天下哪有这种巧事！罗先生换过几个女朋友，他说都不如头一个好，这头一个就是邓小姐。据我看，邓小姐相貌并不稀奇，一定是心好，同罗先生谈话最谈得上。夫妻本不是一天两天的事情，罗先生也聪明。上次彭先生的事情我托了你，进行到了什么田地？怎么你信里一个字也不曾提到？下次再谈。我要作一篇文章。

爱夫，沅　五月廿二日　第八十九封

我想到回家，精神就舒服了三分

霓妹爱妻：

你太好了。我觉得你简直是世界上最好的女子，最好的妻子，最好的母亲。我这个丈夫实在配你不上。我不知那生有福，幸而得了你作妻子。你四月十九写的信真好。你那种勇敢的精神，男人都很少赶得上，更不用说女人了。廿三接到你四月十九的信，当时写了上面几行。这些天因为房子太热，每天烦躁得很。写不下信去。再隔三天，到六月一号，我就搬家。我近来还不曾接到彭先生闻先生第二次来信。不知武汉大学究竟怎么。不过据想，闻先生是本地人，为人又好，想必不要紧。就是一层，武汉大学薪水最大，别的国立大学都赶不上。这层到秋天恐怕要改做同别的学生一样。现在国立学校都要扣薪，打个折头，不能全发，政府中办事人员也都是这样，不过这也不要紧，多住一年，将来回去，还不是要教书？那时候还不是也要扣薪水？我算薪水打个折头，一家人还是很够过。所以我还是决定回国，并且有时印书，也能收一点稿费。如意珠考进了杭州艺术院一年级，已经上课了。二嫂说等薛姻伯安葬后就去杭州住，好同如意珠在一起。我们一时大概不能接二嫂同住，只好稍有储蓄时候，按月寄些钱去杭州，这样最稳当。将来总要百无一失，才能接二嫂同住。这件事不要像从前由南京中正街搬什么巷那么冒失才好。薛姻伯处我想我们不必另送东西了。三哥四哥自必已经用兄弟三人名字送了礼。将来如意珠出嫁，我们多送东西最好。这两天真热，我房间在厨房上面，你看热不？好在三天后就搬，请不要记挂。我想到回家，精神就舒服了三分。还不是穿单衣？在这里偏要穿呢布，这种家“文明”我真不要。文明是要人舒服才对，叫人难过，夏天穿呢布，我只好称它作野蛮。还有吃生肉，外面黑皮，里面红心。咦，不说了。吃好菜的时候快到了，不必着急。爱妹，你也快吃好菜了。

沅哥哥　五月廿八日　第九十封

各件零碎东西要是有些你喜欢的，我就快活了

霓妹爱妻：

夏天路上太热，又有三个礼拜。所以我想秋凉了再动身，或是阳历八月底，或是九月。我等几天就搬家，上次寄的包裹里面有一个女帽，一个飞机，是女房东送的。这两件东西都是用过的，拿来送礼，未免太不恭敬了。要是想我们送一点中国礼，应当送我们新东西才对呀。我越想越气，你可以暂且存着。等我回家以后寄转。这学期只有九天了。等这九天过完，我就搬家。不单是热，这种滑头的事情我最讨厌。各件零碎东西你有些喜欢的吗？我是个外行，不知买什么是好。要是有些你喜欢的，我就快活了。我还要买许多带回去，望你告我那一些你最中意。我看到另外还有许多，也打算买。你说替我放大的相寄来美国，我既然就要回家，可以不必了。我替你放大的彩色相片，因为原片过小，不十分清楚。但是颜色我觉得很好。将来回国以后，我当面问你喜欢我不。八月卅有船，九月十三也有，不过我想同罗先生见一见面。他是八月廿四动身，要九月八号才到美国。所以我想坐九月十三的船回家。绣花事情是没有希望了，你不必托他带了罢。将来他去法国，回家，我们再也可以托他打听一下法国怎

样。路上带东西，万一查出来，又要罚钱，又要丢脸；万一妨害他上不了岸，进不了学堂，我们怎么对得起他？现在美国新定法律，中国运来的东西又加了税。人家国强，我们现在国弱，也无法可想。将来中国强了，他们加税，我们也加税。中国现在好像慢慢好起来了。

沅哥哥　五月三十一日　第九十一封

好妻子更是天下最稀奇的宝贝

霓妹爱妻：

买了一种新信纸，所以特别用来写封信。你从前常用绿信纸，我这却是头一次用。我以前就不曾在这种“一角货五分货分司”里面看见过绿信纸。你无论用哪种信纸，我都喜欢。用白的，我知道是为了省钱，我喜欢；用颜色的，我知道是为了教我看到快活，我也喜欢。我在这个店里又买到花边两种，编花几个，现在把花边寄个样子，每种我买了两丈多，编花买了四个，一个花篮，一朵花，一个蝴蝶，一个方片。现在把花篮寄给你，哪种喜欢，哪种不喜欢，都请你告诉我。夫妻到底是夫妻，好妻子更是天下最稀奇的宝贝。你上次害那么大的病，病里还是记挂着我同儿女，我自己真惭愧，没有什么报答你。我又想同罗先生一同进个小的大学，一年毕业。这是说闻一多先生离开了武汉大学的话。要是武汉大学不发生变化，我自然还是秋天回去。

沅哥哥　六月一日　第九十二封

因为我不能寄钱养家，真是羞愧

霓妹贤妻：

回家以后，很想无事时候种种花草。最好住房，后面有一片园地。此外多买旧书，好把中国文学大大研究一下。五年十年过去，便完全教授中国文学，不教西文了。饭菜要做得好吃一点，也要滋养。这是讲住家。我们夫妻两个最大的责任便是带大小沅小东。第一卫生，多多运动，呼吸新鲜空气。常晒阳光。饮食滋养。无男无女，总要养得身子十分结实。要的不是胖，要的是壮。第二做人，要诚实，不要老实，要灵巧，不要尖巧。遇到好人时候，有好心对他，遇到恶人，却也不会上当。第三求学，十岁以前还谈不到求学。这等后来再提。

九日

前天晚上，十号。我因为下过雨，上床睡觉，忽然想到当时你叫我的腔调："子沅内，子沅内。"我就自己心中答应："嗳，嗳。"想完之后，不觉自己好笑起来。今天连接五月三号十二号两封信，才知道你又害了指头痛的病。唉，这都是我不好，不能寄钱给你。本月之内，闻先生那里总有消息。要是事情照旧，我就早点回家去罢。万一没有成功，我决定同罗先生进一个小学堂一年毕了业回家。这一年以内自然照常寄钱回家。我从前不是托罗先生在清华还债吗？他暑假就出洋，一个钱也没有，我只好五月寄了美金二十给他。我不曾告诉你，因为我不能寄钱养家，真是羞愧。如今一想，还是告诉了你好些。这次换学堂，路费等等还不是一半要自己月费中扣出？你这次血虚，完全是饮食太不滋养。一个人光吃饭是不够的。饭不过填肚子，并没有什么滋养。我不能寄钱给你，累得你自己身上省过了。暑假后要是不回国，在西边与罗先生同校。西边生活程度低，同居又便宜些。我想每月余二十美金，两个月寄一次。回国以后，决不愁没有事做。你千万放心，不要愁。回国以后，一面教书，一面开书店。并不是自己开，有从前的学生可以一人管理。我同彭先生，闻先生，两个罗先生，清华同学等一共十个人，每人每月存洋五元，四年之后，就开书店。初开越小越好。做事情最要紧的是忍耐。这书店开了十年，就可以不必教书了。那时候不过四十岁，就可以专心开店了。以后你搬家，应当写信告诉邮政局，新地址哪里，他们自然会把地址改了，送到新的住址。五月十七寄的零件东西你收到没有？前两次有一封信，里面夹有花边样子两种，编花一片，这封信收到没有？还有一封信，里面有十首诗，总名《皮枪战女妖》。这封信收到没有？要是秋天不能回去，你可以再印一百个或者五十个信封。这几个月我又要搬去那个小学堂，就是同罗先生同进的。这几个月只好请你务必在你的私房里面提出钱来暂且用着，务必务必。唉，唉，这几个钱，将来回国教书一个月的薪水就能还清。你何必自己太苦了呢？拿命去拼钱，自己也难受。我这为夫的远在外国，听了更是难受。你看从前在北京，夫妻两口子不也是过去了吗？何况现在一班老朋友，感情又好了起来。或是下两个月回国，或是明年回国，一定百分的可靠。我以前吃亏在眼睛太高，对人太不客气，其实这个很容易改。你看我将来回去开书店，保管开得很好。我们这一家子人就是吃亏在性子太降[①]。我们这一家人从大如父亲，到小如我自己，做事都能认真。中国一天好似一天，到处都是钱，只要你不懒，肯做事，肯为社会服务。将来读书的人一天多似一天，所以开书店这个生意实在是出路最大。自从我的《草莽集》去年出版以后，我名气很好。两个罗先生也慢慢上来了，我们这十个人开书店，实在是最好不过。我就要发愤，做给人家看看，教别人知道我并不是一天到晚做梦。我要精明的时候也能够精明。

爱夫，沅　六月十二日　第九十四封

① 应为犟，倔强。

你说收到我的相片，好像眼前有太阳亮起来了一样

霓妹贤妻：

你近来不知是向同学学来，还是看小说自己学来。常常用一些稀奇古怪的新名词，我看到觉得很有趣味。你自然是一片好意。我相信近来一班女学生都是这样。这也是一种时髦，我并不是笑你，我不过觉得有趣。比如我举一个例子，你说你收到我寄的着色相片之时，心里十分快活，好像眼前有太阳亮起来了一样。这实在很真，因为一个人等一件东西等得很久，无意之中，忽然得到，真像是眼睛里面进来了太阳一样。由此看来，你的话实在是实情。所以字眼用得不十分妥当，我并不计较。最要紧的是真心，你实在有一颗真心，我越看你的信我越爱。妹妹，你实在是一个再好不过的贤妻。我希望这次武汉大学不要落空，好教你早点享福。妹妹，你有时候很客气，以后千万不必。比如信纸上滴了两点雨，这有什么要紧，我怎么会说你不恭呢？说句私房话，我怕这是你的眼泪。你怕我伤心，不肯告诉我。妹妹，是不是？我说我不好看，不过是笑话。你何必认真。老实说，我相貌自然不算顶美，却也不顶丑。要不然，何以许多女人想我的心思。妹妹，我是说说笑话。你何必认真呢，发网我一定会买很

多，要是不能回家，我立刻寄给你。相片也是这样。那许多小相片想必你都收到了。你手指上生东西，不能寄长信，这也不要紧。我怎么会怪你呢？这两天热，我明天起决定在房里穿夏布衣裳，亲滴滴的霓伢子寄给她小弟弟的。这半个月内就要接到闻先生的来信，看到底如何。我一定写快信告诉你。你搬家以后，务必把新的地址，寄信长沙邮局，告诉他们。凡是寄到旧地方的信都托他们转到新地址，我在外国就是这个办法。搬了许多次家，还不曾在邮局里失落过一封信。

爱夫，沅　六月十七晚十时　第九十五封

白头夫妻，好处就在这里

霓妹贤妻：

刚才作着诗，又忽然想起来，你的心实在好。你好像橄榄，越嚼得多，味道越浓。你又像茶，有回味。白头夫妻，好处就在这里。两个月以后，我们就能见面了。七月底有船就七月底动身，要不就八月初，船一定会有了。半个月到上海，不停。到武昌，自然要停两天，同闻先生彭先生把事情办好，房子租好。我如今不比从前那样不懂事了，房子自然拣便宜的租。一切办妥，我就去长沙接你同小沅小东。武昌隔长沙很近，所以我预算八月底一定能同你见面。这两个月里不知道你还是住在般若庵不？你可以接到这封信以后就不要信来美国，省得白丢掉了。我自然还是照常写信给你。我写信给闻先生，是四月十七，挂号，就在这几天我应该会接到回信。这两天热是有点热，不过，我做着诗，也就忘记了。前天夜里下了一场大雨，只听见它直泼下来，不像下雨，简直像是泼水了。我是十八接到你第十□封信（照我记的号数是第六十九封）。明天二十五，刚好一礼拜，应该有你的信来。猜得准不准，明天便知分晓。

六月廿四晚九时半

我大概八月十四动身回国。在武昌总要把房子找好，才能去长沙。万一三天之内找不到合适住房，就回了长沙再讲。找房子自然拣便宜的，越便宜越好。从前彭先生来信，说武昌生活程度并不十分高，薪水听说要打折扣。我们用钱自然是省俭为要。你说要到上海接我，那太费事，费钱，不必了。你五月廿日第十三封信我收到了。单送薛姻伯一副帐子，总算面子上很好看。我从前不要你送，是因为怕太花费你的钱。二嫂信我带回给你，决不会失落。二嫂自己能到杭州去住下，我心里算是放下担子了。这头两年我们自然不能帮她多少忙。以后我们每月能寄点钱给她才好。

爱夫，沅　廿八日　第九十七封

妹妹，一百封的数目已经快满了，有趣！有趣！

晚上做了一个梦，梦到同你亲嘴

霓君爱妹：

接五月二十九来信，晓得你搬了家，房子很好，有同学同住，我很放心。我不是七月卅一的船，就是八月十四的船动身。见面就在阳历九月底，比你预算的日期早了一年，想必你一定十分快活，昨天接到你的信，晚上做了一个梦，梦到同你亲嘴，心里痒麻麻的。妹妹，你那叫我的声音真是麻心。武昌事情还不知道能长久不？七妹只好暂时不带去。这件事回家以后慢慢商量好了。你为我苦了许多年，我怎么会忘记！你说的什么你带小东去进学堂等等闲话，我知道你是气头上说的。也不怪你。夫妻之间，有什么话不能说，何必白生气，糟蹋身子？月经棉本是一个只用一次，用后扔去，不吸经血吗？据广告上说，吸血很多很快，现在店里只卖两种，我把那一种又买了一匣，看了你回去用后，效果何如。用得好，以后单买这种，这种廉价时候只要三角美金一匣。十二个，每个只合二分半一个，说起来总算便宜。还有两种好处，干净，方便。我昨天上街，趁着月底廉价，买了些东西给你。现在先不说出，等回家以后，你看到便知分晓。很好的东西，你瞧见一定包你十分快活。我到了旧金山时候，还要买些东西给小沅小东。钱多就多买，钱少就少买。手表我总要替你买一个好的。你搬家以后，我的信你都封封收到了吗？里面有一封附有长诗一篇叫作《皮枪大战女妖》，你收到了没有？八十四号封我晓得你收到了。从八十五封到九十七封都是寄到般若庵，不知都收到了否？好在活人就要回家，这比信总强得多。妹妹，你求饶的时候又快到了。

沅哥爱夫　六月卅日　第九十八封

留得一个好子沅给你，一生受用不尽

霓妹贤妻：

我已经来了西部，现在就是等船。本月底三十一号有船，十成有九成可以坐着回国。万一船费不能准期寄到，只好八月十四号动身。这两天因为快回家了，常常做梦梦到你。这地方天气比中部好得多，很凉快，并不闷热。我替你买东西，很想过一番，什么好，什么不好，雨衣我觉得你用不着。有这个钱何必不买旁的东西给你？手表美国的又贵又不好，瑞士国的表最好。美国买不到瑞士表，只好去上海再买。你不要以为上海东西贵，在上海买外国货反来便宜。这是因为中国抽税很低，各国商家竞争，不得不减价。我这两件东西现在虽然不曾替你买，可是买了许多别的东西。这些东西都是你一定喜欢的。总算起来，比买雨衣手表，还多花了钱。在这里我本来还想再买东西给你，不过船票有了变动。我本想坐三等（就是统舱）。不过听说每次统舱，尤其是夏天，总要死三四个人。这次上海到美国来的船上又有人害脑膜炎症，我只好改坐二等，多花五十美金，不能多买东西了。留得一个好子沅给你，一生受用不尽。妹妹，你说对不对？以后我们有余钱，到上海去，什么外国货都买得到。我如今知道买了，所以以后永远不愁。我如今买了些什么东西，暂且不说。等回去了你看到了快活。还有那种丸子，我也买了不少，很够我们用好久。用完以后，上海想必可以买得到。另外，两个孩子我也买了东西。

爱夫，沅哥　七月十号　第九十九封

同两年分别的乖乖见面，牵手，亲热，说亲亲话

霓妹爱妻：

有十天不曾写信给你了，因为应酬很多。最要紧的是见面不远，想到许多话，都预备留下到长沙时候再讲。昨天又在街上买了些东西，都是你所喜欢的，到底是什么呢？现在暂且不讲，将来等你自己看。还有十一天，我就上船。八月二十二到上海。休息一天，换船到武昌。租定房子，我想三四天足够了。租好以后，坐火车到家。到家以后，同两年分别的乖乖见面，牵手，亲热，说亲亲话。又看小子沅，小霓君，听他们叫我。头两天不告诉亲戚，等第三天歇过来了，再去亲戚家里。这两天里面还有一件大事，你想必猜出来了我就不讲了。我们在长沙可以住半个月。从结婚到现在，刚好五年。这五年之内，你吃了不少的苦。我很快活，能让你从此以后，享一点清福。在武昌朋友很好，一定十分热闹。我决定邀彭先生每天下午打半点钟的网球。一个人身体最要紧，身体一好，不单做事情更得力，性情也不会十分急躁。我也不主张你老在家里。新鲜空气同太阳光最卫生。

沅哥哥　七月二十日　第一百封

八月底我们就要重逢了，那时还不到中秋

霓妹爱妻：

六月十八廿四两封信收到了。端阳节我们梦中见面，何如中秋节床上同枕。我本月底准定回国：八月廿二到上海，八月底我们就要重逢了，那时还不到中秋呢。东西你都喜欢，我很快活。相框子里面刚好放我的小照片。我当时买，正是这样想。手袋子送了别人一个，并不要紧。我未来西部之前，买了一个一块钱的，拿在手里，上街时候很好看。零碎东西都可以放在袋里，省得累赘在身上，又重，又教衣裳不整齐。我把这个袋子带回给你的时候，你一定会十分高兴。游西湖并不难，以后我们每两年内至少要到外面游历一次。妹妹，你看好不好？这里凉快，一点不热，务必放心。上次那些发网，有些不是红红绿绿，用丝线网成功的吗？那是女子运动时用的，不过可以作为别用。我们床上运动时候，你把它戴起来，一定有趣。现在我又买了一种扎发宽带，也是预备你用。外国女人穿的汗衫短裤我也替你买了不少，各种各色，真正有趣。都是人造丝做成，凉快，利落，夏天最合适。这种衣裳我替你买了十几件，好看，却不便宜。

廿四

昨天廿五去买船票，哪晓得票都卖完了，一直要到九月十一才有空舱位子，这才可恨呢。不过也无法可想，只好等罢。这一个多月没有事作，且把一首长诗作起来。最可恨的是我这两个月当中不能看见你的来信。我上面不是教你不要写信来了吗？因为就是写来了，我也看不到。只好等十月三号到上海的时候，立刻赶回家去，把你搂抱在我怀中，尽玩，尽玩，发泄这两个月里面的闷气。前天因为一时高兴，看到你信里说你喜欢那些东西，我忍不住泄露出许多消息来，把许多东西都告诉你了。这些我本来打算回家以后，让你忽然看到了，大大快活一下，如今一时忍不住，说出来了。好在一样，我说得不十分仔细，你再猜也猜不出它们这些东西是个什么模样，必定要到看见时候，才会知道。我从前写到菜根香的信，你都收到了吗？有一封最要紧，里面说的《皮枪大战女妖》，是许多首诗连在一块，这封信不知你收到没有？只好等回家以后，才能晓得了。这几天不爽快，因为天气半阴半晴，又不下雨，又不出太阳。我这几天想着回家以后，我们应当多多出外呼吸新鲜空气，不可闷在家中。你上一封信讲替彭先生龚女士作亲，这个很好。彭先生极其正经，诚实。据你信里看来，龚女士也是正派，不是花胡哨子。这个真是再好不过，两面恰恰相当。我到武汉以后，就告诉彭先生进行一切。你教我买大张图画，不容易。我要了一本目录，将来你自己挑选；要买那张，就买那张。这是一个颜色的。彩色的我还不曾找到目录。怕没有希望。我另外买到一些画片，是什么如今暂且不说，等你看到，看你喜欢不。这种画很好，据我看来，你一定会喜欢。我动身还要四十天，这四十天之内，实在有点难过，前一些时候看报，说欧洲有一个女子，从十七岁一天忽然睡着，再叫也叫不醒，一直睡了三年，到今年春天才醒了过来。我真希望这四十天一觉睡过去才好，省得热锅上蚂蚁，进退不安。这次见面，我希望不要像上次北京那样害羞，好像新娘子一样。要是再像那样，真要急死我了。那不是我一个人的事情，那是我们夫妻两个人的事情。我有一半份，你也有一半。妹妹，我求你务必记清楚这一点。两年不见，不知秋天初次见面时，心里如何。

爱夫，沅哥哥　七月卅日　第一百零一封

我们的爱情，一天增加一天

霓妹爱妻：

接七月四日寄来单挂号信，心里非常喜欢。花边已经买了，想必回去，总有法子用它。这种东西我是外行。西装我在外国一共做过三套，样子别人都说不错。你叫我不要买东西带给你，可是我早已买了，这也叫作无法。好在一样，东西都是小件头，带起来很方便。你说小沅很喜欢那飞机，我总要想法买两个回去，一个给小沅，一个给小东。我寄的这些东西你喜欢，我真快活。你对我那么好，我真惭愧，不曾报答你多少。以后我总要多教你享点福。武汉大学最好是不要错过，万一发生变动，闻先生，彭先生不在那里了，他们也总会在别处替我找事。今天十一号，很凑巧，我谋到四张美国电影女明星照片，半身，十英寸大。你从前不是多次要我找这些片子吗？这是顶大的了。妹妹，我告诉你，老实一句话，我从前那几年，是不会作丈夫。妹妹，我要请你原谅，那时候我什么事都不懂，所以作事糊涂。将来我要是好点，手头宽裕些，我也是决定不会找姨太太这种祸根讨回家的。薛姻伯去世，你送帐子，那是很好的。上回信里我已经说过，你不必因此记挂。我们结婚以来好几年，你一片为我为家的心，我岂不知道。我们的爱情，一天增加一天，你不必愁。我们中间，决不会教别人离间的。我们结婚不久，现在居然作起媒人来了，这真有趣。龚女士我从前仿佛听你说过。她要别人的相片看，想必她自己总长得还不错。彭先生处我上次已经写信教他照了，我回家路上，会带去，由你向龚女士交换。我现在又想起一个法子来，你可以写一封挂号加快信，寄到“武昌东厂口武汉大学彭基相先生”，教彭先生接信立刻到长沙找你，当面商量此事。我另附一信，你可以夹在你的信里寄给他。你近来真是胆子太小了，比如彭先生，罗先生都是我的好朋友，你何必怕写信呢。以前为戒指与罗先生的女友，你写信给他道谢并劝他，这是毫不稀奇的事情，你为什么要把原信抄来我看呢。像这种地方都是你太多心了。妹妹，你对我那么好，心里又明白，我还不相信你吗？若是我疑心你，那我真是有眼不识泰山了。

爱夫沅　七月十一日　第一百零三封

我就要同我的霓君见面了

霓妹爱妻：

今天是十二号，整整只有一个月，我就上船了。离今天不到两个月，我就要同我的霓君见面了。像这样一天天地过，也快得很。你上封信内要我多作西装，我已经有了三套，很够了。这三套样式都好。你喜欢我穿西装吗？我带你去看电影的时候，最好是穿西装，你说对不对？你整天闷在家里，那最不好，应当常常出门呼吸新鲜空气才对。公园我们可以常去。你信里说《皮枪大战女妖》一首长诗已经收到了，我把心放了下去。你看得大笑起来，我心里觉得很高兴。这诗是一天我想起我们夫妻两个的一番妙趣写成功的。还不曾作完，因为急着要寄给你，后面一段只好等回家以后闲空时候再写完它罢。

十二日

我今天买了一个木箱，装书，忙了一个下午，算是把书装好了。我以为要很贵，那知自己可以装，又省钱，又不费事。铁条，钉子，都是做得现成的，只要用锤子敲敲，就成功了。这一箱书大概自己带不了，或者要将来托罗先生寄回中国。我前天十三号进城，替两个小孩子买了些玩具，都很有趣，大半都买了一种两件，哥一个，妹妹一个，省得他们吵架。上次寄的那个飞机，只要一角美金一个，还有上次寄的项圈，你说很好，我昨天又替你买了五副，同以前的不一样，两角美金一副，便宜自然是便宜货，不过样式还新。横直我们不是有钱的人家，来往的人家也无非是穷教员，你戴了出去，只图一个颜色远远好看，样式近近好看，也就够了。将来万一有钱，再替你买真货色。今天是十五号了，越过越近。我因为钱很紧，书箱不能自己带回去。每天晚饭自己在家里吃。牛奶、牛油、面包、橘子，省钱是省钱，不过并不很好。你可怜在家，吃的饭菜一定比我吃的差得多。

十五晚

我算定到家的那天休息一整天。第二天日里开荤，夜里也开荤。日里开荤，因为我想吃家乡菜想了好几年，你这几年来也是不曾沾着一点荤菜。我们可以做一个冬笋红炖肉（或者红烧肉丸），一个红烧鱼。这一天我们不要通知亲戚，我们两个独自享一天福。说完了话，就吃好菜，吃完菜，又说亲亲话。到了晚上，又开荤。

爱夫沅　十八日　第一百零四

《皮枪战女妖》的时刻快到了

霓妹爱妻:

昨天二十五，礼拜。下午整理箱子，把你寄来美国的头九封信看了一遍，好像老夫老妻谈到成亲的第一夜样。今天二十六，离开船只有半个月了。见妹妹越来越近。昨天有德国大飞船从日本飞到美国，两万里的路只要三天飞完，你说快不快？我要是能坐这个飞船回国，那才快活呢！今天自己炒豆腐吃，是中国菜店买的。另外加现成的烤肉，酱油，葱叶，很好吃。

二十六晚

二十号到昨天二十七才发，误事了，想必累你等了两天。今天二十八，越过越快，心里十分快活。想到两年分别的霓君又要见面，向不曾看见过的儿女也要看见，昨天红豆炒香肠，今天酸菜煮豆腐，今天菜也咸，把茶叶泡了一大碗茶。喝下去，才舒服起来。这茶叶就是你寄给我的。这离动身只有十三天了。哈哈，《皮枪战女妖》的时刻快到了。我劝女妖把法宝赶快预备起来吧，省得把皮枪战胜。

今天三十号，晚上煮的面吃，是中上留下的豆腐烤肉，加进面里，再加猪油酱油。今天离开船只有十一天了，快活啊，这几天看的小说，你上几封信教我多写信给二嫂，我平均半个月写一封到无锡。这一封信里说我们两个到春假或者暑假一定带两个孩子去杭州。你以为何如？我想武汉大学总是九月二十左右开学。我总要十月六号才能到家，十月三号到上海，再坐船到汉口，再换车到长沙。到长沙以后，就要立刻赶到学堂里去。我到上海的时候，会打电报给你，你好早几天把东西收拾好。我一到长沙，就好搬家去武昌。你要是看见我的电报上有“湖北”两个字，那就是我们要去武昌的意思，你可以赶快收拾，要是我的电报是一个“到”字，那就是没有事作的意思。要是别处有事，我电报里就写明别处的地名。我已经教彭先生他们写快信到上海。我一到，赵先生就会把信转交给我。万一武汉的事情不成，他们也早替我在别处找到了事情。这是退一步的说法。武汉的事情决定是十分可靠的。

爱夫，沅　八月三十晚　第一百零六封

附录四篇

后期发现的朱湘写给妻子的信，一并收入本书中。

寄霓君（一）做了一首诗，一直想写给你看

我爱：

我前几天看到一件很有趣味的东西，一尺长的鱼，一阵总有几十个，在船走过的时候，飞起来。它们能飞几丈、几十丈远，飞时翅膀看得很清楚。鱼是很好看，可惜我不能抓住一条寄回给你看看。前天在檀香山，船停一天，我们大家多上岸玩。在一个“鱼介博物馆”内看到许多稀奇古怪的东西，有鸡一样大的虾子，两个大钳子，还有各种各样的鱼，有的扁的只有三分厚；圆的像一个桃子，有些嘴长得特别长，好像臭虫同猪的嘴一样。鱼的颜色更是好看得不得了，有些黑花上面满是黄点子，好像豹皮一般；有些上半截鹅黄，下半截淡青，好像女人穿的衣裳同裙子，腰间还有两条黑条子，那就像系一条黑缎边的淡青腰带。妹妹，我的妹妹，你说这好看不？这些鱼印的有照片，我已经买了一份。等到到了学校之处，寄信方便之时，我就寄给你看看，收着——不过这些照片比起活的来，差得远了。因为活的身体透明，并且在水中游来游去，极其灵活，正像你的照片虽然照得很好看，到底不如见面之时，我能听见你讲话。我不曾离开上海的时候，一个人住在青年会，极其想你，做了一首诗。一直想写给

你看，偏偏事情太忙不能有时候写下来。如今很闲空，我的精神又好，所以就此写出来：

戍卒

边关绿草被秋风一夜吹黄，
戈壁的平沙连天铺起浓霜，
冷气悄无声将云逐过穹苍——
我披起冬裳，
不觉想到家乡。

家乡现在是田中弥漫禾香，
闪动的镰刀似蚕食过青桑，
朱红的柿子累累叶底深藏。
鸡雏在谷场，
噪着争拾余粮。

灯擎光似豆照她坐在机旁，
一丝丝的黑影在墙上奔忙，
秋虫畏冷倚墙根切切凄伤。
儿子卧空床
梦中时唤爷娘。
一声雁叫拖曳过塞冷关荒，
它携侣呼朋同去暖的南方，
在絮白芦花之内偃卧常羊。

独留我徊徨
在这萧索边疆。

这首诗大意是说丈夫出外当兵（戍卒），秋天冷了，穿起妻子替他作的棉衣，不觉想起家乡来（第一段）。他想秋天家乡正是割稻子的时候（第二段）。到了夜间，妻房一定是对着灯光在机子旁边坐着织布，他们两个生的小孩子一定是睡在那张本来是三个人卧的床上，在梦中还叫父亲呢，那知道父亲如今是在万里之外了（第三段）！这父亲听到一声雁叫，便自思道："这鸟儿尚且能带着母鸟去南边避寒，偏我不能回家，这是多苦的事呀！"（第四段）这首诗有些字怕你不知意思，我就解释一下：边关是长城，戈壁是蒙古的大沙漠之名称，在长城北，穹苍是天，弥漫是充满，镰刀是割稻，累累是多，鸡雏是小鸡，灯檠是点灯芯的豆油灯，塞、关都是长城，携是带，侣是伴，就是妻子（母雁），絮白芦花是同棉花一样白的芦花，常羊是游玩，徊徨是徘徊，就是走来走去，萧索是荒凉，边疆是靠近外国的地方。

沅　三月七日

寄霓君（二）我的霓君，我的细君，我的小皇帝

我爱：

小东要雇奶妈，就早已嘱咐过了，不必再提。小沅定名叫海士，因为他是上海怀的，士就是读书人，士农工商的士。从前孔夫子说过一句话，叫作“仁者乐山，智者乐水”，意思就是说，慈善的人爱山，因山是结实的；聪明人爱水，因为水是流动的：小沅是海水旁边怀的，我替他起个号叫伯智，就是希望他作一个聪明的人。“伯”是行大，聪明的人同尖巧的人不一样。聪明的人向大地方看，尖巧的人只看小的，尖巧人只是想着害人。小东定名叫雪，因为你到北京，头一次看见雪，刚巧那时你便怀了小东。并且雪是很美的一件东西，它好像一朵花，干的雪你仔细看一看就知道它是六角形，好像一朵花有六瓣花瓣，所以古人说“雪花六出”。她号燕支，因为古时候有一座山，叫燕支，在北方古代匈奴国的皇后她们不叫皇后，叫阏氏，便是因为此故。小东是在北方怀的，所以号叫这个。我替你取的号叫霓君（这两个字我如今多么亲多么爱）是因为你的名字叫采云，你看每天太阳出来时候或是落山时候，天上的云多么好看，时而黄，时而红，时而紫，五采一般，这些云也叫作霓，也叫作霞。（从

前我替你取号叫季霞，是同一道理，但是不及霓君更雅）古代女子常有叫什么君的，好像王昭君便极其有名。说到这里，我可以告诉你一个笑话：从前汉朝有一文人，叫东方朔（姓东方，名朔），这人极其好开玩笑，有一天皇帝祭地皇菩萨（这祭叫社），不用说，桌上自然是供一大块猪肉了，这块肉（大半是半个猪，或者整个）照规矩祭完神以后，由皇帝下令，叫大官分了带回家去，有一次这位东方先生性子急，（不知是不是他的太太叫他十二点钟回去吃中饭，那天祭祀费时太多，已经一两点钟了，他怕回去太迟，太太要不依，说他只管自己，不顾别人等他，或者说他偷去会女相好，谈话谈忘记掉了，不记得回来吃饭了）无论如何，总是他过于性急，不等汉武帝下令，他自己就在身边拔下了宝剑来（古人身边都带宝剑）在猪肉上头割了一块就走。但是被皇帝知道了，叫他说出道理；如若说不出，便推出午门斩首。（这自然是皇帝同他开玩笑，因为皇帝很喜欢他说笑话）这位东方先生毫不在乎地说：我割肉你应当夸奖我才对，为何反来责备我呢?你看我拔出剑来就割，这是多么勇敢！我割的刚好是自家份内应得的，不曾割别人的一点，这是多么清廉！拿肉回去给我的“细君”，这又是多么仁爱！细君就是“小皇帝”“小先生”，就是说的他太太。皇帝一场大笑，放他走了，并且叫人跟着送了一只整猪到他家里去。东方先生的太太自然是说不出的快活。本想骂她的先生一场的，也不骂了。这是提起君字，想到的一段故事。以后作文章的人读书的人叫妻子作细君，便是这样起来的。这个故事，我的霓君，我的细君，我的小皇帝，你看这有点趣味吗？我如今在外国省俭自己，寄钱给你，别的同学是不单不寄钱回家，有时还要家里寄钱，你看我比起东方朔先生来，也差不多吧？我想我寄回家的钱，总不止买一头猪罢……

寄霓君（三）你的身子就是我的身子

亲爱的霓妹妹：

今天上午把三样功课都考了，心放下了。我近来身体好，望你不要记挂。夏天书已念完一半，快得很，就要秋天了。一到秋天，精神更好，等阳历十一月我去找一家照相馆照一张便宜一点的相。你自己身体也要保重，省得我记挂。哀情小说千万不要看了。如若有时闷点，到亲戚朋友家中走动走动。小沅小东近来都很好吗？夏天里不要买街上零嘴给他们，最危险，最容易传染病，年纪越小，越要多睡觉。夏天里房中可以常常多洒些臭药水，这几个钱决不可省，雇老妈子雇奶妈子都要老实干净，千万不能要脸上身上长了疤疤结结，长了疮的，那最危险。我接到你六月十二号的信说你不怪我当初，我听到真快活。我说的比方嫖婊子，是比方，并不是我同某某某有什么不干不净，不过那时候我心中有时对不起你，这是我请你忘记的事情。

七月二十五日

你头痛是因为过于操心，又过于想我。最爱最亲爱的妹妹，再过几年我们就永远团圆，我们放宽了心，耐烦等着吧，你自己调养自己，爱惜身子，就如爱惜我的身子一样。因为你的身子就是我的身子。我也当然爱惜我的身子，因为我的身子就是你的身子。我们两个本是一个分离不开的。你务必把心放开一些，高高兴兴，把这几年过了，那时我们就享福了。

永远是你的亲亲沅　七月二十五日

寄霓君（四）我如何地爱你敬你怜你

霓妹妹我的孟母：

正月初六的信同相片收到。我真说不出的欢喜。你那封信写得真好。我以前要回国，并非为了对你疑心。你知道的，我向来不曾疑心过你。你信来的时候，我正写信给彭先生说你在上海怀着小东受了多大的苦，我如何地爱你敬你怜你。我自然要毕业才回国，博士大概不考了。我想年后春夏天一定回家，刚好在外国三年，如今已过去半年多了。我回家后一定要好好地作些书，一方面也教书，让你面上光荣，让你同小沅小东过一辈子好日子。我如今对你同小沅小东的爱情实在是说不出的浓厚。我一定要竭力地叫你们享点福。我想在外国的这两年把英文操练好，翻译中文诗作英文诗，以后回中国也照旧作下去。这不单名誉极好，并能得到很大的稿费。将来运气好，说不定我要来美国作大学教授，你真要来美国呢。（不必向别人说，怕的万一不成功，落人笑话）你说你肯在梦中来陪伴我，这是再好不过的呀。你是要坐飞机呢，还是要坐轮船呢？都好。从前我听到一个笑话，说一个乡下人听到别人讲世上最快的东西要算电报，他说我的妻子在几千里外，我想看她，不如把我一电报送到她那里去罢。你要是肯由电报打来美国，那更快呀。还有一件事要小心，你那一夜来美国？那一夜来美国，要早些时候用无线电告诉我，我到了长沙，你来了芝加哥，那不是反来错过了吗？那张相片我看了说不出的欢喜。说来有趣，从前我是长头发，如今我的头发被剃头的不知道剪短了许多，你的头发变长了。这真是夫妻一对。你的面貌虽然极其正经，像教子的孟母，我看来你的脸还像一个女孩子的，一点不显老。小沅那调皮的模样，将来长大了一定聪明的。你看他那像是笑又不像是笑的嘴，抬起来的眉毛，真是一个活泼精神的样子。将来小东你们三个一定要同照一相再寄给我。我回家后要好好教小沅小东读书。我决定自己作些书给他们念。小沅很胖，我很欢喜。小东你务必请奶妈，不然我一定不依。我本想早些回家看你同小沅小东，不过我在罗伦士学校白念了半年书，来芝加哥，因为是很大的大学，只插进了三年级，要两年毕业。不过我想自己译些中文诗作英文诗，只好等后年春夏天再回家了。这两年半让我们多通些信，好容易过去些，你的信里可以多讲些你自己同小沅小东的事情，好让我看着快活。你住在万府上，是暂时的事情，如若我们自己的房子这半年之内能够搬进去住，那是最好的。不然还是照我前面说的办法进行为要。你住在万府上究竟是怎样一个办法，我很想知道。我这就写信给稚庄。不过信内说不了多少什么话。要等你回信后，我才能详细地写信给他。住在亲戚家里，如若他们不肯收房租饭钱，那是决不可以的。另有给憩轩四兄同季眉姊夫的信，上海的钱你一收到就写信告诉我，省得我记挂。

沅　三月七日